春暖花开·系列

珍藏版

陈春花／著

波尔多之夏

机械工业出版社
China Machine Press

图书在版编目（CIP）数据

波尔多之夏（珍藏版）/ 陈春花著. —北京：机械工业出版社，2019.1
（春暖花开系列）

ISBN 978-7-111-61589-7

I. 波… II. 陈… III. 随笔 – 作品集 – 中国 – 当代 IV. I267.1

中国版本图书馆 CIP 数据核字（2018）第 293939 号

波尔多之夏（珍藏版）

出版发行：机械工业出版社（北京市西城区百万庄大街 22 号 邮政编码：100037）
责任编辑：岳小月
责任校对：李秋荣
印　　刷：北京文昌阁彩色印刷有限责任公司
版　　次：2019 年 2 月第 1 版第 1 次印刷
开　　本：147mm×210mm 1/32
印　　张：5.75
书　　号：ISBN 978-7-111-61589-7
定　　价：55.00 元

凡购本书，如有缺页、倒页、脱页，由本社发行部调换
客服热线：（010）68995261 88361066　　　　投稿热线：（010）88379007
购书热线：（010）68326294 88379649 68995259　　读者信箱：hzjg@hzbook.com

波尔多之夏（外一篇）

陈春花

一

波尔多让我对葡萄酒与酒庄有了完全不同的认识，那份认识不再停留在酒上，而是在每一个葡萄园中，让我更深切地感受何谓美好。普罗旺斯让我对这个充满柔情之地有了更深的认识，那种认识不再停留在文字上，而是在鲜活的现实中，更真切地理解生活本身。

自序

或许与个人的性情有关，大部分时间我喜欢安静之地、安闲之时。虽然时时在都市喧嚣之中、繁杂琐事之境，但是总在寻找那个属于自己的空间，让自在的状态可以呈现出来。欣喜的是，在这个夏日，我拥有了这样的时光。

很多时候，写作对于我也是持续保有这种空间感的媒介，一些学生问我，为什么不停地写？想起钱穆先生说过的话："问我何所有，山中唯白云。只堪自愉悦，不堪持赠君。"山中白云，如何堪持以相赠呢？但是我如此写作，不仅是时时让自己觉得受益，想不到把这片清净分享出去后，幸运的是这份分享又加持了清净。

我把心专用在此，反而觉得心闲安静。思考与文字所营造的一切，有着自然与灵性本身的奥妙，给我无法言喻的帮助。就如此时，回溯这个夏日，枫萨克[○]叠翠峰峦之胜，普罗旺斯（Provence）花海深巷之幽。亲友相随，信步所之，俯仰瞻眺，细小如葡萄珠的细嫩、薰衣草的淡香，宏大至千年的城堡、远不可及的星空，闲情遐想，随心抒写，时时泛现。

我本不喜酒，波尔多（Bordeaux）之枫萨克夏日，完全改变了我对酒的认识。在这个过程中，非常感谢雪芹和国强现场细致、耐心的讲解，尤要感谢《知味葡萄酒》主编朱思维先生场外专业的讲解与指引，从土与鹅卵石的温度开始，让我慢慢去体味酒的底蕴。这个发现之旅很奇特，好像被带入一个神秘之圈，发现了种种变迁与内涵，味蕾的丰盛、带着心的欢喜、所获得的满足与喜悦，增添了生活的厚度。

每一处的景致，更是因人而承载了意义。有这本小书，更是因为雪芹两次用心的设计与陪同，一个从容的介入，才有了在陌生之地的安闲之感。同时，有周强律师、Amanda、小夏、国强、释心一起去感知与互动，朋友各自的智慧与欢乐，加持了这段时光。韩愈说："足乎己，无待于外之谓德。"你们每个人安于自性本身，已给我足够的启示。

○ Fronsac，百度译为"弗龙萨克"，因当地人所发的谐音——枫萨克更有美感，故本书采用此称法，后文对此有介绍。

这次出行，知道自己会写一些文字，但是没有预设会体味到什么，会写些什么，不过有一点很清楚，就是在此地，文字不足以表达其丰富与深刻，所以我想必须增添一些场景图片，才可让读者有直观的感受，这个想法除了得到同行朋友的支持，还得到了两位摄影爱好者的帮助——一位是新加坡国立大学EMBA的张宁军同学，另一位是花间堂的刘溯先生，他们的视角更体现了两地的韵味，而他们的慷慨分享，也让这些文字，有了美的注释。

即便如此，我依然建议阅读到此书的读者，亲自去感受，你所感受到的会远超过这些文字，其种种际遇与心情，一定会带给你极大的欢喜。有些时候，旅行并不是为了观看，而是为了感知；并不是为了景致，而是为了灵性；并不是为了走过，而是为了经过……心与境的互动，会让心有个所安之地。

相传达摩祖师东来，僧人慧可在达摩前，自断一手臂，哀求达摩教他如何安他自己的心。达摩说："将心来，与汝安。"慧可突然感到拿不到这心，于是对自己那问题，不免爽然若失，回答说："觅心了，不可得。"达摩于是回答道："我与汝安心竟。"慧可听了达摩的回答，当即豁然大悟，原来并没有一个实在的心可得，也没有一个实在的不安与可安，安与不安全是由自己而定。

所以，我喜欢旅行，每一处的发现与惊喜，让生活也随着柔软与丰盛起来，也因此遇见了自己所喜悦的人与境，获得了心之所安。

陈春花

2016 年 8 月 30 日于北京朗润园

目录

枫萨克

美好的回归

Fronsac

三年前约定，到枫萨克过一个假日。约定时并未让我有太多的想法，只是想给自己一个真正的度假日，觉得在法国酒庄的日子一定是悠闲的。置身于枫萨克，想不到除安闲与幽静之外，唤起的美好久久萦绕。

加龙河畔（Garonne）
美在午餐中

参加完学生的毕业典礼，我开启了度假模式。决定来波尔多缘于三年前的一个约定，那时雪芹告知买了一个法国酒庄，希望我可以去度假，感受一下法国乡村的生活，我被这个邀请打动，虽然不懂酒、不喝酒，但是一直觉得酒和酒庄是一种特殊的生活体验，所以就答应了下来，约好三年后，一个工作段落结束的时候，给自己一个假期。终于这个约定的时间来临，问问国强和释心也有空，三个人就满怀期待地飞到波尔多了。

落地巴黎机场，转机去波尔多。开机时，想不到收到大量的微信问候与安全祝福，此时才知道，法国当地时间 2016 年 7 月 14 日深夜，尼斯市（Nice）在法国国庆日庆祝活动中遭袭，一辆大卡车撞向正在观看巴士底日烟花表演的人群。此次袭击已经造成至少 84 人死亡、202 人受伤，已经确认有两名中国公民在此次袭击中受伤。难怪亲朋在担心和挂念，一一回复报安，也在内心默念与祈祷。

国强带着我们从巴黎国际机场转出到国内机场，飞去波尔多，知道有雪芹在等候，心里有一种回家的安全感。虽然波尔多、葡萄园以及将要看到的一切于我都是陌生的，但是因为有一个熟悉的人在，这个城市也因此透着相识的味道。

落地波尔多，看到雪芹欢乐的笑脸，夹着波尔多明亮的阳光，瞬间温暖起来。我们上车离开机场，国强做司机，他一启动发动机，就说："这是柴油车。"雪芹确认是，国强特别高兴，他说自己一直希望开一辆柴油车，想不到在波尔多满足了这个愿望。我很好奇，为什么一启动车子，就能感受到是柴油车？国强说，他在新疆创业的时候，开的全是柴油拖拉机，所以与柴油车有一种心灵上的感应。一种经历与记忆，总会在某个不经意的时刻被唤醒。听到国强确认柴油车的那一刻，真的令人钦佩，不需要太多说明，可以想象得到他创业之中的全身心投入。想不到我们在波尔多一上车，奇妙之感便开启，真是一个神奇的地方，这种感觉真好。

雪芹的计划是先带我们去吃午餐，然后再回酒庄。车子顺着波尔多城的外围行驶。雪芹选了一家可以俯瞰大半个波尔多城的餐厅，作为我们来到波尔多的第一餐，这份用心在我

们走入餐厅的那一刻，就呈现了出来。穿过圣詹姆斯餐厅（Le Saint-James）的门厅，完全想不到的景致呈现在眼前，门旁的牵牛花竟然有深紫色的，与白色组合在一起，有着一种独特的质感，一扫我对牵牛花固有的单薄印象；走到后庭院，一排白色餐布覆盖的桌子，错落摆放在巨大的树荫下，收拢的白伞则成了点缀；桌旁是各色鲜艳的花朵，还有几簇薰衣草透着淡淡的紫色；近处是整片的葡萄园，有工人正在打理葡萄树；远处是流过波尔多的加龙河；再远处就是半个城市的轮廓，教堂的

塔尖以及古老建筑的红色瓦顶，透着历史，也透着繁华；碧蓝的天空，白云如絮且纹丝不动，如果不是身在其中，绝对会认为是用画笔画上去的，不会觉得那是真实的。

　　贴切的是阳光，穿透树叶散落在白白的餐布上，透着光的酒杯、乳白色的餐盘，也透着情调。更贴切的是餐厅侍应生，法国帅哥之极致在举手投足中尽显风范。雪芹用心为我们点餐，自然会有波尔多的酒，我虽不能喝酒，但是看侍应生带着自豪感斟酒的样子，也一样跟着醉了。根据菜品的不同，分别配上了香槟、干白、干红，法餐细腻的程序与质感，也随之铺排开来，味蕾在丰富之中，与视觉一同落入温柔。

　　语言对我是障碍，但是安静地倾听侍应生介绍每一道菜、每一款酒，有一份美感

却能呼应到。雪芹也细致地一一介绍，一顿午餐、一段美的经历，这种感觉真的是极舒服。我们没有匆忙结束午餐，而是细细地品味，慢慢地享用。我曾经多次到法国，也知道法国人对于生活品质的标准，而这一次是带着度假的情绪到来，也许是心态的不同，决定用法国人的餐饮节奏来享用每一餐。这第一餐，的确发现了细细品味的美好。

生活中会有很多点点滴滴，也会有很多漫不经心、容易忘掉的小事情，可能在人生当中，你并不认为这些小事有多重要，但是当你真正回忆生活感受时，你会发现，正是这些点点滴滴的小事情，唤起那些温馨、美好的痕迹。大部分的点点滴滴之美好，会是与朋友、家人一起聚餐的场景，一杯香茶、一杯浓酒、一片甜点、一份带着妈妈味道的菜肴或一个欢声笑语的场景，正是这些回忆与感受，折射出你我生活的质感与美好。

蒋勋先生说："我觉得生活美学最重要的，是体会品质。"圣詹姆斯餐厅完全印证了蒋勋的论断。生活缺少美的体味，在很大程度上是因为人们过度追求速度与规模，而忽略了真正的品质。我之所以这样说，是因为在速度与规模中，缺少了一个最重要的内涵，那就是"人的温暖"。现代化有着不可替代的功能，有着从未有过的创造力释放，这是我欣喜与接受的地方。但是，每次站在空无一人的、全自动化的硕大工厂里，我总是有种莫名的失落。这一刻，坐在圣詹姆斯餐厅中，我忽然明白这份失落的情绪因何而生，因为缺少了"人"，缺少了"人的温暖"。

技术进步带来的一切品质，让人们的生活在便利性与成本上都获得了收益，不过，我认为这些品质透着标准化的味道，虽然高效而便利，却少了美的质感。到沃尔玛或家乐福，日常生活的便利程度，在这些地方获得了足够的满足；到麦当劳或肯德基，餐饮的便利程度，在这些地方同样获得了足够的满足。但是，让生活的质感与美嵌入其中，似乎还无法完全满足，究其原因，是因为便利无法承载质感。换句话说，生活除了便利之外，还需要增加一些需要时间沉淀的东西，需要关注、用心以及爱的投入，而不仅仅是便利性与快捷感。

大家都知道，在一些地方，只要是手工制作的东西，一定是特别贵的。记得到意大利，手工制作的皮具与鞋品，有着家族的骄傲与高贵；一直喜欢二郎寿司，老人家强调对每一块鱼的出品工艺制作过程的严格控制，要求反复揉搓40多次。我喜欢在家和妈妈一起做饭，她最拿手做黄瓜肉丸，每次都赢得全家人一致的赞誉，为了保证这款菜的品质，80岁的妈妈依然要亲自去菜市场买肉、选黄瓜，回到家里还要亲自剁肉、切黄瓜，然后手工做肉丸，做出来的肉丸味道真是鲜美极了。孩子会因为妈妈做的肉丸，多吃两碗饭，那一刻，赞誉与快乐让家里充满了幸福。"手工制作"是对生活美学的重新寻找，是对生活本质的回归与品味。妈妈制作的食物之所以好吃，是因为妈妈保存了传统饮食的记忆，它不只是一个普通的记忆，更是对于生活绵延的感知。

生活的品味是人们的向往与追求，有意思的是"品""味"都是在讲味觉，所以我非常认同蒋勋先生关于生活美的定义："'吃'真的是人类认识美的一个最重要的开始。"很多人认为美存在于讲究的建筑里、优雅的风景里、名家画作之中、华服与装饰之中、舞姿与音乐之中，这些的确是美之场所。不过我觉得，如果在日常饮食之中，没有美感，没有品质，没有专注与安心的体味，对于美的理解，恐怕是形式大过内容，随风附雅的成分更大一些。美如果回到生活基本面，认真对待一餐饭，这餐饭所透射出的美，就会渗透在你的品味之中。

　　我们实在是太匆忙了，以至于每一个人都不把吃饭当作一件重要的事情来对待。为了减少吃饭时间，设计了很多便餐、快餐，当我听说美团、饿了吗、百度外卖在最近几年极速发展的时候，内心有着一种淡淡的悲哀，饮食只为温饱，又如何去品味生活呢？你可能会说工作时间太忙，做不到。

　　最近三年大部分午餐，我和同事一样需要点外卖，不过，我尽量保证每天带着一盒切好的水果，放着喜欢的音乐，安静地把午饭吃完，确保那个时段自己是在吃饭，而不是做其他的事情，让一顿短暂的午餐，有着一种单纯的气息。这一顿普通写字楼人士的中午饭，因为水果、音乐，有了一点点的品味。其实，只要你愿意，任何情况下，你都可以创造出美感。

　　胡思乱想中甜品

上来了，侍应生和雪芹都特别推荐波尔多本地的一种甜品——卡纳蕾蛋糕（Canelé），它是葡萄酒装瓶之前需要澄清的最后一道工序。过去，这道工序要用鸡蛋清进行澄清，这样鸡蛋黄就剩下了，所以波尔多人把鸡蛋黄加面粉和糖烘焙成甜点。该甜点的最独特之处是，外皮烘烤得焦脆焦脆的，内部却极其松软，入口带着奶香与蛋香，夹着脆感与柔嫩，很独特的味道留在舌尖。如果你有机会到波尔多，一定要尝尝这份甜点，而且这家餐厅据说是做得最好的。

一顿典型的法国午餐，给了我很多欣喜。还有令我们感到意外的是，一直为我们服务的侍应生竟忽然用中文和我们交流，告诉我们他叫马克，每年都会去中国一次，学过一年中文，去过北京、上海、西安、青岛，这份意外真的让我们很开心。有意思的是，一位顾客带着两只小狗经过我们的餐桌，也用中文和我们打招呼，想不到在波尔多的第一天，可以听到乡音，品到美酒，尝到美食，坐拥美景，好友陪伴，生活之美就在一顿法式午餐中开启。

枫萨克（Fronsac）
不朽者

从波尔多开车去酒庄的路上，雪芹开始介绍酒庄，我是一个完全不喝酒的人，竟然被雪芹介绍的酒庄所打动，那份感受极为奇特。

酒庄坐落在法国著名的葡萄酒产区——波尔多的利布尔讷市（Libourne）一个叫枫萨克的小镇，百度上官方翻译为"弗龙萨克"，只是我更喜欢当地人所发的谐音，所以自己决定命名为"枫萨克"，感觉上更美一些，如同"波尔多"一样，只要说出名字来，美的想象也随之而出。

车子进入枫萨克小镇，视野一下子丰富起来：起伏的山丘铺满了葡萄树，茂密的森林切割着田园，老藤与新芽、幼嫩的葡萄珠以及高大的树，层次感也因此呈现了出来，如诗如画般，有人把这里称为"波尔多的小托斯卡纳"，果不虚传。枫萨克位于波尔多右岸，靠近多尔多涅河（Dordogne River），有着天然独到的自然优势，现在更多的人认为枫萨克可以和梅多克

（Médoc）、苏玳（Sauternes）、波美侯（Pomerol）和圣－埃美隆（Saint-Emilion）这些著名的葡萄酒产区相媲美，懂红酒的人知道这意味着什么，而我只是被枫萨克优美的风光所折服，心里认为，这样美的地方，自然也可以生产出最好的葡萄酒。

　　小镇中心，有一个功能齐全的超市，说其功能齐全，是因为这个超市兼邮局、印花税等；有一个旅游局，不过这里的旅游局主要是卖酒而不是介绍风光，旅游局把枫萨克镇各酒庄出品的酒放在这里出售；有一家药店兼兽医院，医生一家人就住在药店的二楼；有一家餐厅，没有去用餐，也就无法知晓味道如何；自然有一间教堂，教堂旁是一墓园，钟声响起时，带来很安逸的感觉；最令我惊喜的是有一间图书馆，每逢周三、周四的时候，镇里的老人就会到图书馆里看书；有一个镇政府，以及镇政府门前有一个广场。所有这一切，都好像是迷你版的，相反，这里的人们居住的房子都很大，而镇子四周的葡萄园更是一望无际。

枫萨克历史悠久，1623年（中国明末崇祯年间），黎塞留（1585—1642）为他的家族收购了枫萨克大公国的土地。他是路易十三的老师、宰相以及天主教枢机，也是波旁王朝第一任黎塞留公爵，自此，枫萨克的葡萄酒声誉隆起。

我很早关注黎塞留公爵，是因为他为法国创立了第一支远洋海军、第一家殖民贸易公司、第一份官方报纸、第一个官方邮局、第一座皇家学院（法兰西文学院）。1635年，黎塞留公爵创立了法兰西学院，扩大了巴黎大学。他首次建立了出版检查制度，并在1630年创办了法国历史上最早的报纸——《法兰西报》。

黎塞留公爵下令成立了索邦大学（后来的巴黎大学）并促

成了法兰西学院的建立，旨在吸纳法国文学和思想界泰斗加入，以保卫和弘扬法兰西语言与文化。这座著名文化殿堂一直只保留40把椅子，即40位终身院士，只有院士辞世空出名额方能投票补选，入选的院士也因此被称为"不朽者"。学院创立后，世界各国人民耳熟能详的法国文学艺术大师，如拉辛、拉·封丹、孟德斯鸠、夏多布里昂、雨果、拉马丁、梅里美、小仲马等，先后入选院士，成为"不朽者"。

在黎塞留公爵当政期间，法国王权专制制度得到完全巩固，为日后太阳王路易十四时代的兴盛打下了基础。同时，为巩固中央集权制度，黎塞留公爵镇压胡格诺派起义，收买御用文人。黎塞留公爵是法国专制制度的奠基人，同时也是将法国改造成现代国家的伟大改革家，更是现代实用唯利主义外交的开创者，被西方誉为"现代外交学之父"。

在总结其一生的政治活动的著作——《政治遗嘱》中，黎塞留公爵宣告："我的第一个目的是使国王崇高"，就是削平贵族，加强专制王权；"我的第二个目的是使王国荣耀"，就是提高法国在欧洲各国中的地位。这是他的宗旨，同样导致了他主导的当时法国对于国民的苛刻与残酷，世人对此有自己的评价。几百年后，人们又回过头来去感恩他对于法国强大的贡献，这就是他复杂而伟大的一生。

只是令我想不到的是，因为雪芹的缘故，我竟然可以如此近距离地感知到一种与黎塞留公爵的关联，雪芹的酒庄名为"公爵夫人庄园"（Chateau de la Duchesse），它曾是黎塞留家族中一位公爵夫人的产业。这是一个有着101年历史的庄园，沿袭黎塞留家族的脉络，庄园刚好在离镇政府不到一公里的山丘上，拥有着枫萨克镇最美丽的风景，简洁的城堡四周森林环绕，葡萄田延绵到多尔多涅河畔，安静中透着淡淡的自信。

公爵夫人庄园在山丘的一侧，山丘的另一侧依然住着黎塞留公爵家族第七代成员，是一位优雅的老太太。她就是在这个城堡里出生的，现在已经常住巴黎，但每年她都会回到城堡小住。整个山丘被高大的树木环绕着，城堡完全被覆盖，以至于我们无法窥见其貌，只有守候在山丘下庄园大门旁的小狗，每天忠诚地守护着，才让人觉知树林中还有宅院。

而最靠近山丘的一片葡萄园以及城堡，则是黎塞留公爵儿子的产业。有意思的是，现在这份产业也属于一位中国庄主，四周的葡萄园郁郁葱葱，城堡同时兼做民宿，会有很多游人来这里度假，使得城堡与现实紧密地联系在一起。当我每天散步经过这家城堡的大门时，看着不同游人的车子进出，有种很新奇的感觉。说实话，我总是无法把游人与黎塞留公爵联系在一起，因为在我的认知里，黎塞留公爵是不亲民的，他完全忠诚于国王。但是想不到几百年后，他为家族而购买的土地，却与民众完全融合在一起，也正是这份融合，让我有机会加深对他的理解。

站在公爵夫人庄园的门前，山丘上和山丘下刚好都是黎塞留公爵家族成员的领地，大片的葡萄园包裹在每一个庄园的四周，树木与原野相间其中，说不出名字的果实挂满枝头，田园间的小路蜿蜒，伸向多尔多涅河，一切都在安静中存在着，到底什么才是"不朽者"？

7000多年前在俄罗斯的高加索山脉发现了葡萄核，一粒种子繁衍了几千年，成为"不朽者"；传说耶稣在欣赏那不勒斯海湾的美景时，不禁为人类的丑恶罪行流下了眼泪，在他眼泪滴下的土壤中悄然生出了一棵葡萄树，这被称为"基督之泪"（Lacryma Christi）的葡萄酒成为"不朽者"；生长在这片土地上的葡萄树，因为生发成酒而成为"不朽者"；生于波尔多的孟德斯鸠这个伟大的法国哲学家，他用尽心血来研制葡萄酒，同时花同样的心血制定法律，他的"三权分立"学说成为"不朽者"；这位在枫萨克拥有大片土地的黎塞留公爵，更因为那些"不朽者"而成为"不朽者"。

阳光注满公爵夫人庄园的四周，让我感知到，其实，不朽内含在每一种事物的美德里，一粒种子、一个传说、一种信仰、一杯葡萄酒、一片土壤、一种主张、一束阳光，只要是出于爱、责任与贡献，就是"不朽者"。

傍晚来临的时候，雪芹、国强、释心和我四个人沿着枫萨克小镇散步，从公爵夫人庄园的后门出去，是一条徒步路线，这条路线穿行在葡萄园的中间，田园间的每一棵大树，都是云冠四周，刻着时光；葡萄树老藤，透着年轮；空气中散着葡萄特有的芳香，带着一点点夏季的温度，夕阳投射的金晖以及小镇橙黄色的街灯，相互烘托着，好像时光就这样凝住在枫萨克的空间里，瞬间即永恒！

公爵夫人庄园（Chateau de la Duchesse）
酌饮的光

公爵夫人庄园是一座两层楼的房子，非常单纯的结构，红瓦屋顶上有四个壁炉的烟囱，乳黄色的石头墙，灰色的门窗，前门铺设鹅卵石，再延伸出去是切割整齐的草坪，沿着草坪上去就是山丘旁的葡萄园、高大的树木以及茂密的灌木林了。后院是大片的葡萄园，一直延伸到多尔多涅河畔，再往远处看，起伏的丘陵，覆盖着整齐的葡萄园，如油画一般。

释心说，她每天早上开窗那一刻的喜悦，无法用语言描述，我也有同感。这座房子设计最为珍贵的地方是，从每一扇窗户望出去，都可以看到一棵大树。这些树我说不出名字，其高大的样子，或许也和这房子一样，有着百年的历史。每天早上，推开窗户，大树与阳光一同冲了过来，树的味道、草的味道、绿的味道、阳光的味道、空气的味道一并闯入眼中、鼻中、心

肺中，那一瞬间的清朗与愉悦，真的是找不到语言来形容。

我找不到公爵夫人在设计这个酒庄时的创意，但是每天推开窗时，我都感叹这座房子借大树山丘，浑然天成的美；一棵茂盛的大树，被创造性地融入房子内，人在室内朝外望去，树的挺拔与茂盛，四季的变化与生长，也就反衬着房子的多姿与变幻。雪芹告诉我，秋天与冬天，会完全是另一番景致，建议我一定要在另外两个季节再来小住。望着窗外的大树，我绝对相信她的介绍。

我也和释心一样，每天早上满怀喜悦地打开窗户，那一份惊喜总是让期待不落空，这感觉真的是太棒了，完全唤起了儿时的记忆，一下子让人焕发出童真。

雪芹在壁炉旁收藏了很多熊熊玩仔，这些"熊孩子"都有着自己的名字与个性，四宝是它们的领袖。每天第一道阳光照进来的时候，第一个迎接阳光的该是四宝，它用萌萌的灵性，淡然地接纳着一切，这灵性与淡然，不也是雪芹与酒庄带给我们的一份纯净的礼物吗？我已经很久没有关于这样纯净早晨的记忆了，已经很久没有这种心肺清新之感了。在喧嚣的都市生活中，浑浊与繁杂已经蒙蔽了人的知觉，生活被置于混沌之中，除了焦躁之外，恐怕还会失去对美的共鸣，想到这里，我更加能够理解释心如此喜欢早晨推窗的感受。

7月的枫萨克，正是阳光灿烂的时节，也是葡萄生长的季节，每一处都透着生机，每一刻都透着明亮。明亮亮的光，透过大树形成光影斑驳，洒在门前的鹅卵石上，似乎有点海的气息。这感觉也蛮有意思，因为在遥远的年代，这里的确是海之域，而今的鹅卵石与土的组合，成为了梅洛（Merlot）与赤霞珠（Cabernet Sauvignon）最好的生息之地。在庄园前的灌木林里，会有小鹿到访，一个不经意的上午，它就这样跑到我们的面前，惊鸿一瞥地对望了一下，又飞快地回到灌木林中，这也是小鹿的生息之地。庄园四周有很多果树，苹果、鸭梨、无花果、栗子、松露以及正逢时的红色小果，类似于家乡的李子，顺手摘下来，香甜可口，这也是它们的生息之地。自然总是最慷慨的，

总是最恰到好处的，总是一个给予者，问题是，我们是否真的能够接受与维护它呢？

这座房子最令人动心之处，就是与自然的完全融合，每一个空间都是开阔的，到处都可见窗外的自然与光。房子的一侧是酒窖，这一片小屋完全保有 100 年前的样子，屋顶的瓦有些已经损坏，墙面与梁木透着风尘，几个旧时酿酒的大混凝土酿酒罐，透着时间的痕迹，光一样穿透这里，让时间有流淌的痕迹；一楼过廊的墙面，也是由大块的原石砌成，未经切割琢磨，粗糙的石头让整个空间质朴而天然，加上通透的门窗，让阳光可以肆意地穿行整个室内。在这里，有时甚至会让你有错觉，以为自己是在室外，如果不是室内外温度的差异的话，你一定会有这种错觉。刚一走进房间的时候，我还惊讶为什么没有窗帘，现在完全明白，没有窗帘是一件多美好的事情，整个房子就是自然的一部分，没有隔阂。

早餐时我坐在一楼的餐厅里，窗外依然是大树与明亮的光，打开音响放出那英的《春暖花开》，餐桌上的白玫瑰也一样透着光，那一瞬间，光的温柔融入旋律之中，我想起罗曼·罗兰说的话："只有太阳的光是不够的，我们还需要心灵的光亮。托尔斯泰的现实主义体现在他的每个人物身上，因为他是用同样的眼光来看待他们的，他在每个人身上都找到了可爱之处，并使我们感到我们与他们的友爱的联系。由于他的爱，他一下子就达到了人生根蒂。"此时的我们，也因这光，找到了生活的真谛，单纯之美。

盛夏的枫萨克，光极为明亮。每天晚上九点多，正是夕阳西下的时候，总在这个时辰，我们出去走走，的确是最好的散步时间。国强带着相机，我们拿着手机，在这里，无论从哪个方向望去，都可以入镜，不需要有什么高超的摄影技术，任由

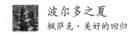

你怎么拍摄，画面都是极美的。

　　走出院子，步上去小镇的路，从远处回看公爵夫人庄园，余晖之下，又有着另外一种味道。夕阳穿过云层的色泽五彩缤纷，也许是因为空气纯净的缘故，投向房子和葡萄园的光，好像涂金般，绮丽无比，任何彩笔都很难绘出那在夕阳下空气中变幻莫测的炫目之光；随着夕阳西下，藏青色、淡蓝色、青紫色、金黄色、暗红色以及灰黑色，加上葡萄园的深绿色，以及远处云层的灰色轮廓，一幅变幻的画面在眼前呈现着，真的是让人目不暇接，心旷神怡。

　　当夕阳完全落下，一轮明月挂上天空，我们也刚好走回庄园，而月的位置，恰在庄园前山丘的上空。明月极静，光也静

静地泻在庄园前的葡萄树上，薄薄的青色覆盖在细嫩的葡萄珠上，叶子和果实仿佛在清泉中洗过一样；山丘、灌木、葡萄园以及酒庄，如笼着轻纱的梦，站在一旁望着这一切，那份宁静感，甚至让人觉得不真实。

安静的月、有些热度的空气、透着夜色的葡萄园、亮着灯的庄园、原始气息的大树，就算加上四个人的呼吸，一切也都还是那样的宁静和谐。月光是直照过来的，山丘上的灌木、山丘下的葡萄园、大树稀疏的倩影，让月光落下参差的斑驳；酒庄射出的灯影，反衬出月的皎洁，光与影相互和谐的旋律，应了古句"疏影横斜水清浅，暗香浮动月黄昏"。

每个晚上，我们就是这样，伴着落日，去嗅果园散出的香气；携着温热，去听花草秀出的温柔；拥着月光，去品时光投射的纯净。百年的老藤焕发出生机的力量，透过青嫩的葡萄珠，扑面而来；稚弱的小苗攀着枝条，透过张扬的叶子，更加生机勃勃。而这一切，在灼热的阳光下，积聚能量，待紫红色的降临，生成琼浆玉液。

弗雷德里克·达尔（Frederic Dard）在品尝一款美酒时，曾激动地说道："这是可以酌饮的光。"说实在的，在此之前的我无法去理解这句话所形容的感受，可是当下，在公爵夫人庄园，看着余晖铺撒，泛着金光的葡萄树，脑海中浮现出的，就是这酌饮的光。

利布尔讷（Libourne）
集市的快乐

这一次和朋友约定，完全放松去过一段闲适的日常生活，做一次酒农。但到了波尔多之后，才知道这个活儿实在是太专业了，完全不能胜任。只好安心做个闲散之人，尽量与当地人的节奏相一致，所以在这个周日，雪芹带我们去逛集市。

集市在离庄园两公里的利布尔讷市，属阿基坦大区吉伦特省，是一个典型的法国南部城市，靠近多尔多涅河北岸，伊勒河（L'Isle）穿行其中，两河交汇于此，小城风光恬静而迷人。我们开车进入利布尔讷市时，会经过横跨伊勒河上的桥，桥的护栏上装饰着一簇簇鲜艳的花，让小桥显得很婉约，原生态的伊勒河岸边，河水平静如镜。河岸两边排布开的房子，是追溯年代久远的石头建筑、透着时光的古宅，以及不远处的哥特式大教堂，高高耸立，十分引人注目，这一切让小城更显得安然。

　　利布尔讷市的幽静亦如欧洲的很多小镇，不过这里又有那么一点点繁华。这里有开往巴黎的火车站，一所波尔多大学的分校，步行街的咖啡屋飘香，甚至有一家老佛爷百货店、家乐福以及其他各式商店；还有一家美味的泰餐厅，老板和老板娘竟然会讲中文。最令我惊奇的是，警察局很大，市中心很小，如果步行，从市中心到伊勒河边，估计不需要15分钟。整个城市透着浓浓的生活气息，非常舒服。

　　雪芹先带我们去面包店买了新鲜出炉的可颂（croissant，国内称为牛角包），味道一级棒。喜爱可颂还是在一次到巴黎出差时发现的，当时在巴黎火车站，法国合作方的经理担心我们没有吃饭，跑去面包店买了热热的可颂给我们，入口细腻的香甜感一下子打动了我，才惊觉可颂原来这么好吃。自此之后，新鲜出炉的可颂成为我对法式面包最独特的记忆。

也许太喜欢可颂了，我还专门花了点时间去了解可颂的来历，它的故事也一样神奇。传说在1683年，土耳其军队大举入侵奥地利的维也纳，但是久攻不下，心焦之余，土耳其将军心生一计，决定趁夜深人静时，挖一条通到城内的地道，以在不知不觉中攻入城内。不巧的是，夜深人静时，他们的鹤嘴铲子凿土的声音被正在连夜磨面粉、揉面团的面包师傅发现，连夜

报告给国王。结果，土耳其军无功而返。为了纪念这位面包师，全维也纳的面包师将面包做成土耳其军旗上的那把弯月形状，以表示是他们最先见到土耳其军队的。有历史记录显示，1549年在巴黎皇室就有羊角面包，现今，可颂加上一杯温暖的牛奶，早已成为法国人最典型的早餐形式。

　　吃完早餐我们去逛集市，这是一条步行街，一进入街区就是旧货摊档，里面有很多很有意思的东西，国强看中了一个小餐台，释心和我看中了一个挂表，雪芹选了一个玻璃器皿，我还看中了一个书报架和一个内嵌了小帆船的漂流瓶。每一件旧

货要 5 ~ 15 欧元，大家都选到了心仪的物品，集市赶集的喜悦就这样开启了。

走过旧货摊档是有很多当地美食的小吃档，然后是衣帽与生活用品档。国强惦记着远在新加坡的曾老师，决定帮他选一顶帽子，这个想法说出来，大家都觉得很棒，帽子选好了，发微信给曾老师看，真是沟通全球无障碍。因为还要买很多东西，我们决定选一个草藤编织的挎篮，主要是这里的挎篮设计得非常鲜艳，挽在臂弯上非常好看。

步行街两旁的小店都涂着鲜艳的颜色，有一间店是绿色的，非常抢眼又充满生机，出出进进的人，也都透着优雅与闲适，还有一些人牵着小狗，让整条街都呈现出斑斓与温馨。走在其中，感觉自己也是这个城市的一分子，一样享受着周日赶集的乐趣。

继续往前走，经过生活用品区，来到食品、瓜果、蔬菜、鲜花与点心区域，这个区域更加琳琅满目。大部分瓜果、蔬菜都认识，似乎和家乡的没有太大区别，但是也有一些果蔬完全不同，第一次看到西红柿是紫色的，释心觉得很惊奇，所以决定排队买一个，因为人多，排队还花费了一些时间。可惜的是，那一天我们买的东西太多，回到酒庄把这个西红柿忘记了，所以至今我也不知道这个西红柿的味道。

往深处走，才忽然发现来到了市政厅前。原来，整个集市是在市政厅广场上，就连市政厅的廊厅也都摆满了各种摊档，因为预先不知道这个情况，所以我们几个外地人都觉得很神奇。市政厅门前以及广场上全是摊位，各色各样的小商小贩，各色人群，一派热热闹闹的景象，这种感觉还真是完全不同。一个庄重的市政厅，一个热闹的集市，两者就这样和谐地在一起，除了觉得惊讶之外，我们也很享受穿行在人群中的感受，体味着一个集市的平常温度。

继续往前走，看到海鲜、肉类摊档了，在这里最让人感慨的是生蚝。波尔多盛产生蚝，7.5 欧元可以买到 12 只漂亮的生蚝，真的是给人大饱口福的惊喜，马上买了一些。我们还选了小虾、大虾、海螺及青口，带着一大堆海鲜，开始折返到停车场。经过花档时，选了一大束向日葵，放在挎篮中，挽在肩上，走在步行街中，活脱脱的本地人样子，真是美妙极了。

带着买好的货品，也带着利布尔讷人周日生活的样子，我们返回了枫萨克。一到庄园，雪芹、释心、我和保姆就开始各显神通，准备亮出自己的拿手菜，大吃一餐。释心的爆炒大虾

绝对是美味，雪芹的青椒炒肉片也是回味无穷，我则选了炖汤与腐乳炒通菜，保姆把新鲜的生蚝处理好。

　　我做了自己最喜欢的一个炖汤，食材是适量排骨、一个土豆、一根胡萝卜、一个西红柿、三粒红枣、几片姜。土豆、胡萝卜、西红柿都切成块状，红枣需要把内核去掉。将排骨煮开去一次水，然后再加入清水，加上姜片、红枣，加大火炖，水开之后，加入土豆、胡萝卜、西红柿，继续大火炖，直到水全开，小火再炖40分钟左右，直到要开餐时，开盖加盐，香味飘出来……

这是我最近很喜欢做的一道汤，整个过程中我很快乐，因为觉得用最简单的食材，搭配出最鲜甜、清纯的味道，这感觉真好。这些食材混合在一起，共同构成一种气息，一种淡淡而又悠长的清甜气息。

在庄园进晚餐，自然选了一款上好的红酒，这是国强和雪芹的专业，我只有欣赏的份儿。我们围坐在餐桌旁，窗外还是那棵挺拔的大树，室内飘着"私房菜"的味道，觉着这才是真正的度假时光。

自己蛮喜欢做菜，喜欢用最简单、最普通的食材去完成整个过程的喜悦。女儿小的时候，我曾经为她做过一道红烧鱼，因为也让她参与进来，所以这道菜至今仍是她念念不忘的美味。花费在家里厨房的时间，绝对是一个非常值得的投入。如果你认真准备，专心去做，细细体味不同食材所带来的美味，然后和家人、好友一起分享，就会感受到生活的滋味，浓厚而又充满欢乐与幸福。

其实我很少有机会下厨房，如果女儿放假回来，或者自己刚好有空，会下一次厨房。说不上有做菜的经验，只是特别喜欢用最简单的配料——油和盐，去做清新、美味的菜品，其关键是食材味道之间的协调一致，把握住火候与程序，更要配上专注与轻松的心情，这样，菜肴就会有着一种独特的清香。

安静地准备一餐饭，安心地与家人一起用餐，就足以和家人一起体味生活的美好。很多人认为需要有足够好的条件，需要有大宅豪车，才能够让家人感受幸福，这真的是完全错了。让家人幸福的途径非常简单，就是专注地在一起做一餐饭、吃一餐饭。只是我们真的太忙了，很多人连一餐饭都没办法去做，也可能未想过去做。不过，我真的建议，无论如何，找一个周末，为家人认真去做一餐饭，与家人围坐在餐桌旁，好好去吃一顿饭，这个时候，你一定会发觉生活的美好与幸福。

也许你会说自己没有拿手菜，但是这个真的不重要，重要的是，你愿意拿出一段单纯的时间，与家人一起做一餐饭，家里总会有人有拿手的菜，而你需要的是拿出时间欣赏；如果拿出这个时间，付出专注，你就会发现，这餐饭有诗意，有愉悦，有留在家人记忆中最美的片段。

我会尽可能找到时间与妈妈一起吃早餐，早餐很简单，白粥、鸡蛋和咸菜，但是只要是和妈妈在一起吃早餐，味道总是好极了，我还会配上音乐，让早餐开启妈妈和我美好的一天。与家人、好友一起，吃一顿家常饭，那些带着家人心思的食物，会带着幸福、温暖的味道，平复了日常的忙碌与奔波，也让家的温度时常伴在身边。

做一道我喜欢的汤，变成了我的快乐，变成我认识食材之间滋味的乐途。品着释心与雪芹做的菜肴，喝着自己熬的汤，饭后国强冲泡大红袍，一切美好留在舌尖，构成了关于利布尔讷集市的记忆。

　　法国 19 世纪传奇政治家与美食家让·安泰尔姆·布里亚－萨瓦兰写过一本著名的书，中文译名叫《厨房里的哲学家》。在这本书的开篇，他写下 20 条关于食物的格言，我特别喜欢其中的五条：

　　宇宙因生命的存在才显得有意义，而所有生命都需要吸取营养。

　　上帝让人必须吃饭才能生存，因此他用食欲促使人们开饭，并用吃饭带来的快乐作为给人类的奖赏。

　　不分年代，不分年龄，不分国家，宴席之乐每天都存在。它与其他娱乐形式相得益彰，但生命力远远超出其他娱乐形式。在其他娱乐形式缺失的情况下，它能对我们起到安慰作用。

　　与其他场合比，餐桌旁的时光

最有趣。

　　与发现一颗新星相比，发现一款新菜肴对于人类的幸福更有好处。

　　很开心在这个夏日的利布尔讷，遇到一个美美的集市，更开心可以和朋友在一起，借庄园的厨房以及每个人用心的烹饪，享受了一段最甜美的时光。

圣－埃美隆（Saint-Emilion）
传教士与名庄

从枫萨克到圣－埃美隆大约只需要十几分钟的车程，这个小镇因一部电影《将爱情进行到底》被中国人所熟知，可惜的是我没有看过这部电影。国强喜欢那里的柏翠／柏图斯（Petrus）庄园酒庄，我则是因为喜欢小镇的传说，所以我们选了一个下午，开车去圣－埃美隆。

天气更加热了，气温已经到了36℃左右，加上足够强的光线，照在身上，有灼热感。据说这样的高温对这个季节的葡萄生长有好处，心理上也就没有觉得太难受，人安于一种场景中，感受会完全不同。

　　不到 20 分钟的车程，我们已经进入古城，入城第一眼看到的就是高高城墙的残骸，让人一下子就感受到圣－埃美隆古城历史悠久。自公元 7 世纪建城以来，古城的建筑结构并没有多大的改变。我们走到一段城墙上望向古城里面，巧的是这段古墙也称为"长城"，古城里清一色石房，赭褐色的房顶，碎石铺成的小径，高低错落的街道，透着古朴与肃静。

　　8 世纪时，来自布列塔尼的传教士埃美隆来到这个城市。这位传教士受到神的启示由布列塔尼地区南下，经历了重重危险来到了波尔多。在一个风雨交加的夜晚，他来到一个荒芜的山洞躲避风雨，最后决定在此地停留下来继续修行，追随他定居下来的门徒成了该小镇的第一批居民。相传他一路照顾贫困的人，一路将异教徒吸引进天主教的怀抱中，他从洞穴里集结了成百上千的信徒跟随着他一起游教。根据记载，这位传教士施了很多神迹，其中最让人津津乐道的是他让一位天生盲眼的妇人重见光明。当他死在一个洞穴里面时，信徒在那里挖建了一所闻名于世的教堂，这个地方也因此成为朝圣地，冠名"圣－埃美隆"。

圣－埃美隆古城等级森严，分为内城和外城。内城位于山顶处，也叫高城，集中了教堂、修道院等宗教场所，只有传教士和贵族有权力居住，不过现在则是很多商店、咖啡屋、饼店以及纪念品店。外城位于山坡和平原处，是平民百姓与商人居住的地方，也叫低城，现在依然是居民居住的地方。

我们先看了高城的商店，国强看到了自己喜欢的酒，雪芹则特别介绍了一家马卡龙店，其手工制作精美，除了马卡龙之外，还有特别好吃的杏仁酥，我更喜欢杏仁酥。看完这些，我们开始转入低城。从高城到低城，有一个小小的过道，它保存得非常完美，忍不住让人驻足观望。据说，当时的古城为了避免血统的混合，低城居民是禁止去高城的，这道小小的通道，就是进高城唯一的通道，并由专人驻守。

从小小通道穿过，雪芹介绍一家专门卖酒刀的小店给我们，这家店有手工刻录名字的服务。喜欢红酒的人，都需要有自己的专属器皿，这里很便捷地提供了这项服务。刻记名字只需要五分钟，店里正有客人在选择这项服务，那一刻，我想，古城的等级之分应该已经不存在了吧。

沿着碎石铺就的小路，我们慢慢走到了低城，城里的房屋仍保留着古城的痕迹，不过大部分的民宅也都有了服务游客的功能。因为天气太热了，我们走进一家小店，每人选择买了一顶凉帽，戴起来有了点本地居民的样子了。站在低城的小巷中，回望高高的教堂塔尖，给人以安静与肃穆的感觉。

在古城中，有很多方形或长方形的浅浅的水池，水池四周有围栏，上方有顶盖，很像中国的亭子。雪芹让我们猜这是什么，没有人猜得到。结果她告诉我们，这是古城居民生活的洗衣房，这还真是让我意想不到。我用手机拍摄图片发微信给女儿看，让她猜图片上是什么？她的答案很有创意——白葡萄酒池。女儿的答案倒是蛮贴合这个地方的特色，我虽然就站在水池旁，也和她一样，绝对想不到这是洗衣房，这个洗衣房更增添了古城的生活气息。

　　大约不到半个小时的时间，我们已经逛完了整个古城的大街小巷，又转回到教堂这边，选在教堂前广场的咖啡馆坐下，安静地与教堂对望。我们没有机会参观教堂里面，要想参观这

座地下教堂，只能参团，因为只有导游才有教堂门的钥匙，所以唯有通过介绍资料认识教堂的内部及传说了。

　　据说这里拥有欧洲最大的地下教堂和地下陵墓。地下教堂就建立在圣－埃美隆教士栖身的山洞处，在公元9世纪左右建成，拥有6个石灰石大柱底基，游人从地面上只能看到教堂的钟塔。这6根大柱是直接从整块石灰石上凿出来的，当时的教士在建造钟塔时计算错误，该建在六柱中心的塔楼，却建在四柱中心，因此削弱了教堂的承受能力。因为天气、土壤等种种原因，加上大革命的摧残，砥柱已经无法承受太大的压力，所以教堂决定在砥柱根基处用钢筋将其稳固。现在它和印度的泰姬陵、布达佩斯的皇家花园等一同被世界文物保护组织评为100处面临消失危机的古建筑。看完资料，我庆幸自己没有走进教堂里面，减少人为的干扰应该会对教堂有好处。

　　这是一座千年古城，罗马人早在2世纪就在此发展葡萄种植，迷人的罗马式教堂和绵延至山壁的狭窄街道，无一不见证着这座城市积淀千年的魅力。这也是一座小城，想不到在中世纪时，却是仅次于波尔多的繁华重镇。11世纪时，古城里就有12 000多人，其中一半以上是宗教人士，而现在小城里只有200多人在居住，街上更多的是游人。我们就安静地在教堂前的广场咖啡馆休息，安静地体会着一座古城的繁华与宁静。

圣－埃美隆小镇和附近更小巧精致的波美侯驻扎着全世界最有名的几家酒庄。离开古城回枫萨克的路上，我们专程去看了国强喜欢的两个酒庄。一个是柏翠/柏图斯庄园酒庄，从价格上来讲，柏翠是波尔多产区价格最贵的酒王之王，其伟大的品质个性尽显酒中皇者风范。我们停车在柏翠酒庄的门前，酒庄的建筑和我想象的不一样，我以为位列第一的酒庄一定是宏伟壮观的城堡，结果是一座极为简朴的房子，最气派的是门前广场上的一棵大树以及与大树同高的旗杆，酒庄的旗帜在空中高高飘扬。

另一个令国强极为欣赏的酒庄是柏菲酒庄（Chateau Pavie）。他告诉我们，喜欢这个酒庄的原因是，这个酒庄兼具传统与创新。柏菲酒虽出身于法国，带有法国酒骨子里的优雅与均衡，但同时又具有新世界酒的个性与力量。也正因为这种两者兼备的特点，柏菲酒引发了众多品酒师

之间的争议，这也造就了其独特的个性而被广泛关注。2012年9月6日揭晓的最新圣－埃美隆列级酒庄分级结果显示，柏菲酒庄与金钟酒庄（Chateau Angelus）这两大一级特等B级酒庄升级为圣－埃美隆列级一级特等酒庄A级。

　　我听到国强这样介绍柏菲酒庄，也对它产生了浓厚的兴趣。驱车到这个酒庄的时候，已经是傍晚六点多，阳光也开始变得柔和了起来。酒庄本身的建筑也兼具传统与创新，占地很大的建筑群，既有法国酒庄的特点，又有新设计的线条，大门柱上清晰地刻着一级特等酒庄A级的说明，从内到外透着张力与能量。

我们没有去看的另外三个酒庄分别是白马酒庄（Chateau Cheval Blanc）、奥松酒庄（Chateau Ausone）和金钟酒庄。白马酒庄深受雪芹喜爱，而以诗人奥松（Ausone）名字命名的奥松酒庄，让我徒添了一点没有缘由的喜爱，刚好我们也远远地遥望了一下奥松酒庄。传说在 4 世纪的时候，奥松曾经在纪隆德地区定居，他留下了很多关于摩泽尔（Moselle）地区葡萄园的诗歌，用诗称赞丰收的葡萄果实。1781 年，该城堡用这个伟大诗人的名字命名——奥松酒庄。

离开柏菲酒庄回枫萨克小镇途中，经过最靠近公爵夫人庄园的都妃城堡酒庄（Chateau de la Dauphine），它几乎占了整个镇中心的一半，非常大。都妃城堡酒庄的历史可以追溯至 1670 年，随后在各个贵族手中辗转，1985 年被莫埃克斯（Moueix）家族收购，该家族拥有柏图斯、托达尼瓦（Chateaux Trotanoy）和马格德兰城堡（Chateaux Magdeleine）等酒庄。目前，都妃城堡酒庄已经成为枫萨克的第二大酒庄。我最

喜欢的是酒庄里一大排的参天大树，这些树刻着悠久的时光痕迹。

想不到来到波尔多之后，我对酒庄有了完全不同的认识，虽然至今我依然不太了解葡萄酒的分级制度。这个分级体系正是由拿破仑三世（Charles Louis Napoleon Bonaparte，1808—1873）下令拟定的。1855年，法国举办了巴黎世界博览会，当时的国王拿破仑三世想要借机向全世界推广他所喜爱的波尔多葡萄酒，于是命令波尔多葡萄酒商会专门举办一个葡萄酒的展览，并将酒庄分为不同的等级，以便于介绍。商会在重重困难之下，将这份工作推给了葡萄酒经纪人。最终，葡萄酒经纪人利用已有的分级表，仅用了13天的时间，就制定了一份详细的分级制度，这就是后来闻名于世的"1855年分级制度"。这个分级体系为波尔多葡萄酒的发展做出了巨大的贡献，成功地向世界推广了波尔多葡萄酒。

现如今，波尔多"1855年分级制度"已然成为众多葡萄酒爱好者和消费者挑选葡萄酒的标杆，而拿破仑三世也和这个世界上最权威的葡萄酒分级体系一起被铭刻在葡萄酒的历史长河中。分级制度所意味着的巨大驱动力量真的令人感叹不已,虽然我还是不能了解这其中所意味着的全部内涵,但是从国强和雪芹处普及来的一点知识,让我对这些名庄有了一种钦佩,因为从 1855 年开始,长久地保持卓越的品质,真的不是件容易的事情;除了这一点之外,还要能持续地与消费者保持一致的认知价值,更是难之又难。与此同时,也让我对分级制度的设计产生了另一种钦佩,假设没有分级制度,很难想象,波尔多的葡萄酒又会有怎样的发展历史?

传承永远都是一个极具挑战的话题,而能够做到这一点的,无论是城市、庄园、葡萄酒还是品质,都会散发着巨大的魅力和持久的价值!

卡农－枫萨克（Canon-Fronsac）
土地的赞美

又是落日时分，我们依然去散步，这一次选了卡农－枫萨克，因为雪芹的葡萄园领地，有两块是在卡农－枫萨克。这也是她很骄傲的地方，因为标注卡农－枫萨克产区的名字，意味着是品质优异。

走出枫萨克就进入到卡农－枫萨克的区域，这一区域的山丘起伏更加明显，山峦叠翠，碧水飘带，一块一块葡萄田犹如被画笔画上的一般，令人赏心悦目。其实，这不仅

仅是视觉上的美感，还是葡萄生长的美好之地。

在法语中有一个词叫"Terroir"，意译成中文是"风土"的意思，神秘一点的说法叫天地人之间的 Message，可以理解成葡萄在生长过程中所依赖的环境因素的总称，包含了土壤、雨水、日照、天气甚至当地人的习俗等。成就一款好酒的关键就是这个"风土"，有句名言说葡萄酒是种出来的，就是指先天环境决定了一瓶葡萄酒的命运。卡农 – 枫萨克幸被上天眷顾，它的风土品质极其优良。

卡农-枫萨克位于波尔多东部，绵延40多公里，在多尔多涅河和伊诺河的交汇处，这是一块由山谷形成的古老的葡萄园领地。水源丰富，四季之间的温差不大，造就了特殊的小气候。

这里土壤类型丰富，山坡脚下为冲积土，坡面为石灰质黏土，在某些区域，表层为海礁石。品质优异的葡萄园多数位于向阳的斜坡上，这里的土壤具有上佳的自然排水功能，光照充足。石灰质黏土排水性良好，土壤基层是由"枫萨克的砂岩"组成，它是黏土和砂岩块的混合物。沙石逐渐沉积在这个多石地区，形成由小鹅卵石、碎石和沙子构成的沙砾土壤，白天它能反射并吸收太阳热量，晚上则又释放出存储的热量，非常适合梅洛、品丽珠、赤霞珠这些葡萄品种的生长。

雪芹再进一步的介绍让我们了解到，卡农-枫萨克产区的葡萄酒拥有深宝石红的酒裙，会泛着紫色的柔光，经过陈酿会转变成茶褐色。酒香包括覆盆子、樱桃和香草的香气，经过陈酿，则能发展出糖渍李子干、巧克力和咖啡的香气；口感纯正而强劲，口味丰富，醇厚浓郁；单宁柔顺，酸度低，有丝绒般的顺滑感。

卡农－枫萨克的葡萄酒大多用梅洛、品丽珠和赤霞珠混酿，酒体优雅、丰满。梅洛的特点是果香味丰富，单宁不太浓烈，入口顺滑；赤霞珠则是香味醇厚，经陈年后，骨架劲道并有精细感。所以，这两种葡萄混酿后相得益彰，随着时光流逝，酒体会变得越来越细腻和精致，再搭配一定比例的品丽珠，最后的成品葡萄酒纯正醇厚、余味悠长，极具复杂的个性。饮上一杯会让生活充满热忱，犹如苏东坡的词："清夜无尘，月色如银，酒斟时，须满十分。"我虽不会喝酒，但就倾听这个介绍，就已经觉得美得不得了。

我们顺着卡农－枫萨克的葡萄园慢慢地散步，田间有酒农在操作，葡萄在生息生长之中，开阔的视野，可以遥望更远处，山丘之间蕴含着每一粒葡萄的梦想。我驻足于山丘上的大树下，明亮的阳光覆盖着整个田园，内心感慨自然的神迹。那一刻，我竟然想到武夷山，那里则是一片完美的茶园，山峦峭壁之间是每一片叶子的梦想。

这几日去看酒庄，每个名庄在介绍自己的时候，安排的第一个动作，都是带我们到葡萄园，介绍葡萄生长的土地。开始的时候我没有觉得这有什么特别之处，后来我明白了这个动作的深刻意义，这是对土地巨大的敬意，是一种赞美与回馈，因为酒庄一百多年的辉煌，都是由这片土地赐予的。

在波尔多发现这一点，让我很感动，也很开心。大自然是人类最好的赠予者，人类的每一个进步、每一次成长、每一笔收获，无不是大自然的回馈。我们实在是不该高估人类自己的力量，如果大自然不做赠予的话，人类会一事无成。

我曾经去南极看企鹅，非常喜欢在浮冰上的企鹅，因为它们更符合罗素所倡导的："在这种不为占有只求创造的精神主导下的生活，包含着一种真正的幸福。"企鹅与浮冰之间，就是这样一种关系，企鹅不会占有任何一块浮冰，它与浮冰的相遇某种程度上是一种缘分。企鹅不会怀有其他的想法，浮冰的存在令其能够不惧长远的跋涉，浮冰帮助企鹅找到了一种属于自己的生活方式。

那一幕——南极浮冰上的企鹅给了我幸福的启示：拥有创造活力，生活就会是一次充满幸福与快乐的历程。在这里不再有占有与保护的情形，而是由创造主导，一切都在本能中自由地发展，所有外界外物，都是自然而然的存在。因为各自独立而自由地存在，在不占有的互动中充满了喜悦。这种喜悦是独立的、自由的，不再是利用与被利用的关系，不需要担心缺失什么，也不需要担心受到约束。不占有的创造，会让我们生活在自由的环境中，并拥有真正的幸福。

企鹅与南极、酒庄与卡农－枫萨克，都可以长久地拥有生活的美好空间及幸福，是因为它们拥有了罗素所倡导的"在这种不为占有只求创造的精神主导下的生活，包含着一种真正的幸福"。倾听雪芹介绍她的葡萄园中酒农的故事，看着此地每一个人对土地的挚爱，嗅着葡萄酒丰饶的味道，以及望着卡农－枫萨克起伏山丘上一望无际的葡萄园，我也一样感受到这份持久的幸福。

我们四个人在明快的光中，围着卡农－枫萨克四周漫步而行，这座美美的小镇默默地伫立在属于它的美好之地。这一天依然是阳光明媚，站在高处望向整个镇子，它正笼罩在一种宁静、平和的气息中。周围一片祥和，我们也慢慢地走出小镇所属的领域，但是不知道为什么，身后依然感受到一种宁静的气息由它传递而来，温厚地、平静地传递过来，非常深地留存在心中。它是如此的纯然，又是如此的生机与柔美，远离了一切繁华和焦躁，透着安静却也透着灵动，甚至这里没有酒的热烈与激情，只有平和与包容。

我们继续在葡萄田园之间穿行，蓝天与绿地组成的画面清晰、和谐，晴朗的天空与绵延的田园完美地契合着，错落的葡萄园也与天上的朵朵白云遥相呼应着。这里几乎拥有了所有田园的柔美与壮丽、宁静与绵延，穷目所及，刻画着生机勃勃。鹅卵石带着海的深邃，沙土含着遥远的黏度，巨大、温暖的阳光，这一切都参与到了波尔多的整体设计之中。我敬畏这自然

造化的力量，哪怕是一块细小"枫萨克的砂岩"的出现，都是自然美妙情愫的呈现，都是为了一个绝美的角色出现，都在昭示着自然的秘密。我们又怎能太过相信自己的力量呢？

14世纪的品酒记录中提道："它很锋利，就像甘冈（Guingamp）地区生产的刮胡刀一般锋利，它能一口气消灭一千个修道士。"这不是对酒的赞美，而是对自然的赞美。古波斯著名的诗人和数学家莪默·伽亚谟（Omar Khayyam，1047—1122）称赞葡萄美酒与醉酒的状态："喝一口美酒，因为你不知道你来自何方；生活充满愉快，因为你不知道你将要走向何处。"这诗一样的哲学深思，与其说是葡萄酒的功力，不如说是对于生命本身的共鸣与沉醉。在一个酒庄，看到萨尔瓦多·达利（Salvador Dali）说的一句话："知道怎样品尝葡萄酒的人再也不会大口喝酒，他们在品尝秘密的滋味。"这秘密的滋味，在我看来就是大自然的滋味。

慢慢地，我们走回到公爵夫人庄园，又是夕阳西下，在明月升空的柔美时刻，我伫立在公爵夫人庄园旁的高地上，看着葡萄园与远处的湖面，自在、单纯、宁静。在南极的时候，我写道："有时眼睛也会说谎，因为它只会凝望内心所共鸣的部分。"那又如何？此刻，就是此刻，我又被这些葡萄园与葡萄园

庄主所感动，感动于他们所拥有的对土地的敬畏、对传承的执着，对所拥有的感恩以及对自己能够参与创造的骄傲。枫萨克平静的世界，置身其中，犹如置身于柔美的殿堂，可以让人在浮躁与焦灼的世界里，收获着平和与宁静的惊喜。

每个人的一生，都会邂逅几段或深或浅的缘分，这个枫萨克的夏日是我给自己一个休假的时光，但是未到这里之前，我绝对想不到这段时光具有如此般的静柔之美。漫步在葡萄园与小镇、酒庄之间，缘分给我指引，让我找到了这一段心境平和的时光。正如我在那些雕刻的时光里的感受一样，我虽并不能够真正地拥有它，但依然感恩这铭刻记忆中的相逢。有人说，生命是一场漫长、不可预知的远行，红霞明月，葡园飘香，丘陵叠翠，都只是刹那间的景致。于我而言，有了这相逢的缘分，刹那间也可成为永恒，结伴而行的除了亲情、友情，还多了这份自然之情。

在《旧约·起源》这一章的第四节有写道："诺亚这个耕作者开始种植葡萄树，因为喝了葡萄酒，他醉了，赤身裸体地醉倒在帐篷里。"陶醉于自然的人，应该是最优美与最幸福的人。在法国电影《美酒家族》（Mondovino）中，一个酒农说过一句经典的话常常被引用："哪里有葡萄，哪里就有文明，野蛮就会消失。"我最喜欢的海明威也说过类似的话："葡萄酒是这个世界上最文明的文化。"他们不约而同地把葡萄酒与文明联系在一起，是否意味着，葡萄酒应该是最能代表美好与幸福的一种媒介？

对于大多数熟悉葡萄酒的人而言，波尔多是那般地令人神往，可惜我完全不熟悉葡萄酒，所以在酒庄的这段日子，处处给我惊喜。三年前雪芹邀请我到枫萨克小住时，我并不知道会有怎样的美好，能领略到怎样的景致，我甚至想当然地认为，酒和我之间不会有太深的关联，所以当决定启程到酒庄的时候，我还是抱着一种尝试新奇的心态，并未怀有更多的想法。但是当我来到这里，漫步在葡萄田园之中，真的没有想到枫萨克、卡农－枫萨克、圣－埃美隆、利布尔讷、波尔多是这般秀美、宁静与悠远；也没想到葡萄酒、葡萄树与酒庄是这般丰富、悠久与多彩。自己对葡萄酒的了解是那么肤浅、那么不经意。这个夏日，在这片承载着世界公认品质的葡萄酒之地，我虽还不能得以窥见其丰盛及深邃，但是发现这一点，已经让我喜欢。

也许是巧合，最近一段日子里遇到了许多与葡萄酒相关的事情。在一次飞机航行中，机上有一部电影——《恋恋葡萄园》（Premiers Crus），片子拍摄得极美，故事中的酒庄是在勃艮第，这是法国最著名的葡萄酒产地，这部片子让我对法国的葡萄酒有了完全不同的认识。电影借主人公把法国人的葡萄酒立场、品质秉性以及人们对勃艮第这片土地的自豪与骄傲，都显现了

出来。这一次枫萨克之行，国强耐心地
为我讲解各种葡萄酒酒庄的知识，让我
了解到葡萄酒在消费者这一端所共鸣的
元素；雪芹则从一个品酒师的视角，让
我知道波尔多葡萄酒的丰富个性与多元
融合的细腻。

这些触碰，让我也终于有了一些认
知上的调整。葡萄酒之所以会有这样多
姿的个性化差异，是因为葡萄树和葡萄
酒酿制的过程都会因天气、阳光、气
温、土地、地面的坡度、雨水与时节等
因素而呈出千万种变幻。这些变幻，又
因为种植、采摘、酿制、存储以及分装
等制作要素的组合，再一次让葡萄酒呈现出千万种变化来。在
波尔多地区，一公顷土地大约能够种植 6000 棵葡萄树，成熟
的一棵葡萄树可以出品一瓶葡萄酒。土地与酒之间的微妙也一
样是千变万化的，这种变化可以记录在年份上，而更多的是记
录在每个人陶醉的美妙之中。再加上陈年的时光，随着时光的
流逝，酒会变得越来越细腻和精致。

我忽然明白葡萄酒为什么与文明如此密切地关联，因为这

正是人们自己的主张，人们对快乐与幸福的主张。丘吉尔说："当我胜利的时候，香槟是最好的奖励；当我失意的时候，香槟是最好的鼓励。"唯有自然之浆，才会有如此魅力去奖励与鼓励生命中的昂扬与失意。仔细想想葡萄酒所出现的场景：那些人生最欢快的时光，那些人生最重大的时刻，那些人生最痛苦而又需要昂扬的时刻，葡萄酒承载着这一切，欢乐与幸福，痛苦与压抑，褒奖与祝福……

蒙田说："品尝比喝更惬意。问题在于心灵而非头脑。伟人说话更平静、更从容。不可能头脑一种色调而心灵另一种色调。他们在劳作之后只顾低垂着头，既不知道亚里士多德、加图，对榜样、箴言之类的事也一无所知，而大自然每天正是从他们那里得出恒心和坚韧性的印象，比我在学校里留心研究的恒心和坚韧性更纯粹、更直接。"的确，在这里如蒙田而言，是品尝而非喝，触摸而非拥有，用心灵与酒互动。举杯凝视而关注色泽所投射出的品性，汲取味道而留意飘浮气息中的丰富，浅尝细咂而体味存于舌尖的淳厚，这一切都意味着千万变化与内心的共鸣。

这一次我没有机会与酒农接触，但是知道这里的酒农都是世代相传，以此可知这份喜爱与责任是如何的强大。一个早晨，我们还在吃早餐的时候，雪芹家的酒农已经带着他的两个孩子在葡萄园里工作了。他的小女儿还在上小学，这是周末，所以会跟随父亲到葡萄园工作，我想这已经是又一代的传承，他们传承的不仅仅是技艺，更是对这片土地的挚爱。

土地与大自然是真正的创造者，正是它给予我们所能感受到的一切。蒙田写道："对于儿童，小屋、花园、桌子、床、独居、交友、早晨、晚上，每时每刻都应该一样，一切地方都是他的书房。因为陶冶判断力和情操的哲学是他的主课。"是啊！美德居住在美丽富饶的原野、绿树成荫的山坡、青草融融的乡径、百花芬芳的田园、挺拔峻峭的山峦、绵延深远的江河、川流不息的大海……这种至上、秀美、欢快的美德，与烦恼、忧愁、怯懦毫不相干，它凭借自然嵌入我们的生活。这个枫萨克之夏，再一次让我感受到这块土地的创造力。

"自然赐予我们走路的脚，也赐予我们生活的智慧。这种智慧当然不如哲学家进行创造的智慧那么

敏锐、健全，那么
令人惊叹，却相当
简单而有益，只要
有什么要求，它都
能妥善地完成，每
个人都十分幸运地
懂得如何简捷、正
确地，即自然而然
地运用它。一个人
对自然的依赖越单纯，便越明智。"这是蒙田多年前给我的启
示，可惜在过去很长的一段时间里，自己被所谓的"知识"困
住，被所谓的"经验"蒙蔽，用理性训练替代了感性触动，远
离自然的同时，也迷失了自己。

　　蒙田的启示已经深嵌于我的内心，并时时可以在生活中体
认和感受。这一天走在卡农－枫萨克的四周，让我从内心深处
去理解和感受这片土地、这片葡萄园、这里创造的美酒以及由
此而来的快乐与幸福。这里的人们用一代又一代的传承，完整
地诠释蒙田的观点："一个人对自然的依赖越单纯，便越明智。"
他们在成为土地的赞美者的同时，也获得了大自然最美好的馈
赠，而我则庆幸自己在这个夏日与这里相遇。

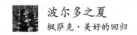
波尔多左岸（Bordeaux：Left Bank）
名庄之路

在雪芹的帮助下，预约到碧尚男爵庄园（Chateau Pichon Longueville Baron）与木桐酒庄（Chateau Mouton Rothschild）参观。这一路也是波尔多左岸著名酒庄的观赏之路，懂葡萄酒的国强和雪芹都很兴奋，我和释心完全是外行，但被他们的情绪感染，也一样期待起来。

陪同我们去的是小曹先生，他中学毕业后就到法国留学，然后留下来创立了自己的公司，服务于来法国交流、合作的中国同乡。他非常熟悉这一地区，在路上耐心地为我们讲解，并把这条"名庄之路"中能够遇到的一级、二级酒庄，尽可能地让我们看到，我也因此大开眼界，觉得波尔多葡萄酒的世界，真的是多彩纷呈。

波尔多左岸因为拥有众多的列级名庄而闻名于世。 这个区域是指吉隆特河（Gironde）和加龙河以南的产区，主要由梅多克和格拉夫（Graves）组成，其中格拉夫的子产区——苏玳，特别地以贵腐甜白葡萄酒举世闻名。左岸最知名的分级体系就是"1855年分级制度"，波尔多1855年的分级体系关系着波尔多87家大酒庄，其中包含60家梅多克列级庄、26家苏玳酒庄和1家格拉夫酒庄。如今，大家所熟知的列级酒庄就是来自此次评级，知名的拉菲古堡（Chateau Lafite Rothschild）就是梅多克列级庄中的一级庄。

查阅资料了解到，梅多克是波尔多左岸的重要葡萄酒产区

之一，在波尔多本地方言中，"梅多克"的意思是"中土"，因其位于大西洋和吉隆特河口之间而有此名。吉隆特河和加龙河长年累月将沙石逐渐沉积在这个多石地区，形成由小鹅卵石、碎石和沙子构成的沙砾土壤，白天它能反射并吸收太阳热量，晚上则又释放出存储的热量。这种现象极大地减少了日间和夜间的温差波动，甚至有助于减少夜间霜冻，非常适合培植在炎热环境下生长最好的晚熟品种赤霞珠。所以，产自此地葡萄园的红葡萄酒主要酿自赤霞珠葡萄。赤霞珠葡萄赋予梅多克葡萄酒鲜明的特性——香味醇厚、口感浓郁，多用于混合，能陈年很长时间，新酒口感辛辣，但是随着时光的流逝会变得越来越细腻和精致。

这一天气温更高了，天也更蓝了，碧蓝的天空衬着白云，绵延的葡萄园在明亮之中，更透着趋向成熟的味道。从枫萨克出发大约一个小时的车程，我们抵达了男爵庄园，眼前的城堡以及城堡前一池平静的水面、细小鹅卵石铺就的广场、平整碧绿的草坪，一下子就吸引了大家的目光，古老城堡与极具设计感的前广场，完全抓住了我的心，看着工人用割草机仔细地修剪这块在我看来几近完美的草坪，我想这家酒庄对于品质与美的追求，一定是精益求精的。

带着强烈美的第一感，我们开始对男爵庄园进行参观和浏

览。讲解员首先带我们来到他们的葡萄树旁，充满感激与骄傲地介绍这块土地的特性，她让我们看土壤中的鹅卵石，并开心地告诉我们这里的鹅卵石不但多，而且颗粒比较大，这样，会储存更多的热量，它们在夜晚把这些热量释放出来，有利于赤霞珠的生长。

离开葡萄园，讲解员带我们参观酒窖，这是一个新建的酒窖，储存着很多木桶，有自动洗桶的设备，每一处都透着对品质的用心。离开酒窖，我们来到酿制车间，了解酿制的过程；

最后来到品酒室，讲解员分别拿出三种酒给我们品尝。酒的感受只能请国强和雪芹去为大家介绍了。

从男爵庄园出来，小曹说带我们去看碧尚女爵酒庄（Chateau Pichon-Longueville Comtesse de Lalande），在这里，刚好可以对望到男爵庄园。女爵酒庄没有开放，隔着大门的栏杆望进去，城堡掩映在树林中，白色的围栏透着清秀的气息。紧靠着女爵酒庄的，就是著名的拉图酒庄（Chateau Latour）。

波尔多有一句谚语："只有能看得到河流的葡萄才能酿出好酒。"波尔多的吉龙特河口处曾经矗立着一座古老的白塔，这里

是古代用于防御海盗的要塞，现在这座石塔下面，离吉龙特河岸大约 300 米有一座被玫瑰花环抱的葡萄园，这就是拉图酒庄之所在。建于 1620 ～ 1630 年的圆形白色石塔原来是一座鸽子房，现已成为拉图酒庄的标志性建筑，矗立在那里目睹了 300多年的沧桑变幻。美国总统托马斯·杰斐逊在出任法国大使期间，最喜欢的四个波尔多酒庄中就有拉图酒庄。1855 年，波尔多对酒庄进行等级评定，拉图酒庄名列顶级一等酒庄（Premier Grand Cru Classé）的行列。

拉图酒庄令我记忆最深刻的是法国人回购其股权的故事。

1963 年，塞古尔（Segur）家族出售了拉图酒庄 75% 的股份，将股权卖给两家英国公司——哈维（Harveys of Bristol）和皮尔森（Pearson Group）。消息传来，法国举国为之哗然，认为这是卖国行径，后来被法国零售业巨头巴黎春天（Printemps）的老板弗朗索瓦·皮诺（Francois Pinault）重新买回。这个故事让我很震动，也很感动，法国人对于葡萄酒庄的维护，上升到如此的高度，真是值得钦佩。《恋恋葡萄园》电影中也有相同的情节，当酒庄可能要被日本财团买去的时候，老庄主愤愤地说，他绝对不会放弃，而他的邻居得知日本财团一事，为了这个庄园不至于落入外国人的手里，也决定出价购买。我看到这里，非常感动。站在拉图酒庄的门前，我主动要求在大门前拍照留念，不为酒本身，只为 300 年来酒庄一代一代传人的坚守。

离开拉图酒庄，到了国强熟悉的雄狮酒庄（Chateau Leoville Las Cases），它的标志性拱门与拱门上的雄狮，在碧蓝的晴空下显得更加雄伟。我们停车给国强拍照，回到车上听国强简单介绍，知道这是一家控股公司经营的酒庄，其负责人是一位酿酒艺术的唯美主义者，每一粒葡萄几乎都要经过他的严格挑选，这种一丝不苟的精神，令人赞叹。

看了一个上午的酒庄，小曹带我们去吃中午饭，预定在

玛歌小镇上的一家很美的餐厅中，玻璃房中装满了仙人掌等热带植物，感觉很特别，一份标准的法式午餐，包括了头盘、主菜和甜点，充分体现了法餐用料讲究、食材新鲜的特点。其中厨师用松露调配的奶酪酱鲜香不腻，配上刚出炉的法棍面包，一下点燃了大家的胃口，以至于影响到对于后面主菜的战斗力。这家的甜品也比较符合我们的口味，不是太甜，因为太炎热了，我们不约而同都点了树莓调制的冰沙，清爽宜人。

午餐后预约的是木桐酒庄（Chateau Mouton Rothschild），

本来雪芹没有预约成功，因不肯放弃，小曹就一直和木桐酒庄联系，很巧的是，有人退出预约，我们幸运地替补进去，这样我们就有机会深入到这个最富传奇色彩的酒庄里面了。

下午更加炎热，而木桐酒庄的讲解员依然是顶着大太阳带我们去看葡萄树，她一样骄傲地讲解鹅卵石与土壤的功效，以及对这片土地的溢美之词和感恩之意。她指着远处的山丘，告诉我们"木桐"名字的由来。木桐酒庄的名字"Mouton"在法语中是"羊"的意思，今天木桐酒庄的徽章也是由两只羊组成的，大家一定以为，木桐一定是和羊这种动物有一些渊源。讲解员说，事实上，"Mouton"的拼写源于地区方言，本意是"小土坡"的意思，意为酒庄葡萄园所处的区域其实是一片土坡，听完她的介绍，大家都会心地笑了。

我们随着讲解员来到新建成的酒窖，从外形上看不出这是个酒窖，我还以为是一个大型的仓库，走进里面却发现，整个设计极为独特。我们所在的地方，其实是大型酒罐的顶部，而且木桐酒庄用的是独特的木制酒罐，站在上面往下望去，非常具有视觉上的冲击，那一刻我知道，这是一个不走寻常路的酒庄。

离开酿制车间，讲解员带我们来到博物馆，这里陈放着庄主和家族收藏的各种珍品。看着这些名贵的藏品，我和雪芹开玩笑说，我们再去旧货店，不要淘低于 15 欧的货品，否则将来无法陈列及展览了，我们几个人都笑了。

其实最让我开眼界的是木桐酒庄对于酒标的运用与营销，整个博物馆的二楼是介绍木桐酒庄酒标设计的展馆，非常令人惊喜。我的确没有想到，会有这么多的名人为木桐酒庄设计酒标，这里简直就是一个艺术的盛宴。

1945 年第二次世界大战胜利，木桐酒庄酿出世纪之酒，菲利普·德·罗特席尔德（Philippe de Rothschild）决定设计新酒标以示庆祝。酒标上，象征胜利（victory）的大大字母"V"立在中央，非对称的橄榄枝环绕着 V 字，象征着和平的到来，蔓延的葡萄枝叶似乎随风飘动，以一种浪漫的方式将胜利、和平和葡萄酒联结在一起。从此，木桐酒庄每年聘请艺术家为酒标创作。1958 年诞生的酒标是由萨尔瓦多·达利（Salvador

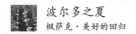

Dali）设计的。

最著名的酒标是 1973 年毕加索（Pablo Picasso）的"酒神狂欢图"，神灵活现地展示了美酒为生活带来的欢乐。虽然这一年份的酒质一般，但它随着毕加索的酒标而成为流芳百世的藏品。这一年，木桐酒庄被法国农业部由二级名庄升级为一级名庄。另一次著名酒标事件是 1993 年波兰裔法国画家巴尔蒂斯（Balthus）为木桐酒庄设计了裸女素描画作为酒标，被美国海关视为"淫秽"而不得不改头换面成空白画布的图样。

1990 年的酒标则是由弗朗西斯·培根（Francis Bacon）设计的。2004 年的酒标则是由查尔斯王子设计的。让我惊喜的是，出现了中国设计师的身影，1996 年的酒标为中国画家兼书法家

古干设计，他使用了流传千年的中国书法元素，并用了五个不同的心形象征图案，极富视觉冲击力，同时又很有寓意，画作取名《心连心》。2008年，奥运会等诸多大事件又再次将中国推到了世界前台，这一年，中国受瞩目的程度前所未有，超乎寻常，同样，木桐酒庄也将眼光投向了这里，2008年的酒标设计锁定的是中国画家徐累的作品。而今，木桐酒庄已经把酒标展览做成一个流动的博物馆，在世界各地巡回展出，而其中所展示出的内涵，的确给人带来独特的记忆。

最后一个环节是品酒，同样也是安排三种酒：两个副牌，一个正牌。好在品酒完全不需要喝进去，这就给了我一个机会，

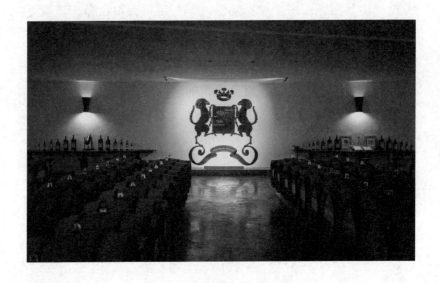

也去品尝，对比在男爵庄园的感受，我慢慢体味出一点感受，那就是，如果是一般的葡萄酒，年份轻一些的比较好入口；如果是好的葡萄酒，10年以上的口感会更柔顺，平衡感会更好一些。我把自己的感受说给国强和雪芹，竟然得到他们的一致肯定，心里小小地得意了一下。

离开木桐酒庄的路上，翻看手里的资料，里面有古罗马政治家西塞罗（Cicero）说的一句话："人类就像葡萄酒，好的会随着岁月改进，不好的则会变得更尖酸刻薄。"这句话刚好和我对葡萄酒的感受一样，心生感慨，孔子所言，"四十不惑，五十知天命，六十耳顺"，正是对他自己一生的总结，这也是优秀人士的一生写照，那些卓越不凡的人，一定是更加包容、和顺与平衡的人。

小曹带我们去看雪芹喜欢的玛歌酒庄（Chateau Margaux），车开到一片紫色、黄色、粉色小花铺满的田园间，一条大路两旁是高大的法国梧桐树，大路的尽头是一个城堡庄园，城堡的正门有着巨大的罗马柱，这就是玛歌酒庄了。玛歌酒庄的城堡是波尔多酒庄中最宏伟的城堡，雪芹介绍说，时任主席胡锦涛参观过玛歌酒庄并亲品1982年玛歌酒。这个酒庄与美国总统也有过一段佳话，1787年托马斯·杰斐逊（Thomas Jefferson）曾经环游了波尔多的所有城堡酒庄，并且记录下了自己心目中的列级酒庄名单——玛歌酒庄、拉菲酒庄、拉图酒庄和红颜容酒庄。他在1801年成为美国总统，而巧合的是，他列的这四个名庄，在60多年后的1855年评级中，全部进入了列级名庄中的一级庄，单是想象这件事，都觉得真是太精准与神奇了。

　　小曹告诉我们，那片长满多彩野花的田园是玛歌酒庄为了生息土地而做的。葡萄树大约有100年的寿命，产出最好品质的时期是在30～60岁，到了100年的老藤，其出品的质量已经大大降低。优秀的庄园都会不断调整葡萄园中树的年龄分

布，如果老藤太多，它们会选择更换，而在更换期间，会让土
地好好休养生息一段时间。看着这片原野之花的田园，我还以
为是为了让入门之处好看而设，没有想到其实是一种独特的安
排，这样的安排好好地保护了这片土地，进而也保障了葡萄酒
的品质。

离开玛歌酒庄，小曹带我们到同一产区的力士金庄园
（Chateau Lascombes），这个庄园最大的特点是，整座城堡包裹
在青藤绿叶之中，巨大的藤树爬满城堡直到屋顶，小曹说，这
些藤树在不同的季节有着不同的颜色，整个城堡也就有着不同

的颜色。春天是新绿，散发出生机勃勃；夏天是碧绿，一片茂盛灿烂；秋天是金黄与红色，透着成熟的收获；到了冬天，所有的叶子都落了，城堡与树干、枝条的组合，透着冷峻与坚毅。听着介绍，望着城堡，脑海中浮现着四季的场景，可以想象那会美极了。

左岸的最后一站，是中国人最熟知的拉菲古堡。拉菲酒庄是波尔多顶级庄园，也是世界上最著名的酒庄。车子没有办法靠近，我们只是远远地望向这家著名的酒庄，整个城堡就是拉菲酒的酒标。也许是到了傍晚，也许是天气太热的缘故，看不到任何一个人，整个城堡与四周都焕发出静谧的味道，与我想象的样子完全不同。

拉菲是目前世界上最贵葡萄酒的纪录保持者。在 1985 年伦敦佳士得拍卖会上，一瓶 1787 年由美国前总统杰斐逊签名的拉菲以 10.5 万英镑的高价由《福布斯》杂志老板马尔科姆·福布斯（Malcolm Forbes）投得，创下并保持了世界上单瓶葡萄酒最贵的纪录。我想，这也许是中国人熟知它的主要原因。但是，后来这瓶 1787 年的拉菲的真实性被多方质疑，而发现并出售这瓶酒的主人哈迪·罗登施托克（Hardy Rodenstock）也被多方起诉不敢来美国。这瓶一度创造历史的最昂贵的拉菲，现在还在福布斯博物馆里展示着，至今人们也还是不知道这瓶酒究竟是无价之宝，还是一文不值，我也只能请各位自己去做了解了。

拉菲酒庄的葡萄种植采用非常传统的方法，让葡萄完全成熟才人工采摘，在采摘时熟练的工人会对葡萄进行树上采摘筛选，不好不采。葡萄采摘后送去压榨前会被更高级的技术工人进行二次筛选，确保被压榨的每粒葡萄都达到高质量要求。一棵葡萄树一般可以出品一瓶葡萄酒，但是在拉菲，两三棵葡萄树才能生产一瓶 750ML 的酒。为了保护这些矜贵的葡萄树，如没有总公司的特约，拉菲酒庄一般是不允许别人参观的，我们也只好在远处遥望一下而已。

　　结束了左岸"名庄之路"的观访，在回枫萨克的路上，我们都很开心。在一个浓缩的时间里，得以窥见这些著名的酒庄，并与之相遇，这感觉真的非常棒！左岸之所以成为世界葡萄酒的溢美之地，与其独特坚守相关，生养呵护土地、遵从自然规律、一代一代传承、坚守准则、保有挚爱，这些元素都是葡萄酒酿制配方中的关键元素，我想，正是这些元素成就了左岸独特的品味与气质。

波尔多（Bordeaux）
低洼地的高度

　　在公爵夫人庄园休息几日后，雪芹带我们进城去波尔多，因为担心进入市区交通堵塞，浪费时间，所以把车停在市区边的车库里，然后搭乘轻轨进入市区。轻轨票价每人 1.5 欧元，

在一个小时内任意搭乘，车上的人不算多，很干净。有意思的是，轻轨穿行在古老的城市中间，看着一排排奥斯曼式建筑闪过车窗，有点时光倒流的感觉。

第一站到波尔多步行街，这是罗马大道的一部分，法国最长的步行商业街，据说也是欧洲最长的步行街，它穿过波尔多市的旧城，长度约两公里。我们没有去丈量长度，反而被街上的人流震到了。人多到了完全超乎想象，甚至比中国逛街的人还多，这一点我真的没有想到。我们一样踱步在这条步行街上，周围有各种各样的酒吧、饭店、店铺、

咖啡馆、流行服饰店；随意走进店里，感受一下波尔多的物价，发现很多东西比中国市场还要便宜很多，难怪这里有如此多人。

走到步行街的尽头是议会广场（Place du Parlement），步行街与广场接壤的地方，有一尊人头像，很独特地耸立在那里，我也没有去探究其代表的意义，仅是独特的感觉也不错。广场周边分布着气派的建筑群，波尔多大剧院（Grand Théâtre de Bordeaux）便是其中的代表。波尔多大剧院被看作艺术和光的圣殿，立面为新古典主义风格，门廊的 12 根巨柱为科林斯柱

式，顶部的 12 尊雕像为 9 个缪斯女神以及朱诺、维纳斯和密涅瓦，它是欧洲最古老的剧院，并且是未被烧毁或需要重建的木框架歌剧院之一。雪芹和我走到大剧院的阶梯上坐下，刚好看到一组艺人在旁边表演，悠扬的音乐飘荡在广场的上空，很契合美好的心情。

在古老建筑群中的广场上，有一个令人惊喜的设计，轻轨电车在这里转弯，轨道是一道美丽的弧线，极具现代感的电车穿行在古老的广场上，流动着优雅的人群，画面感极强，让这座城市所具有的一种独特气质显现了出来。在广场旁有一家种类非常齐全的葡萄酒店，国强走进去观赏，我们三个人则跑到旁边一家围巾店去看漂亮的围巾。雪芹说："法范儿的最大特点就是要有围巾，无论男女。"看看街上的人群，的确也验证了雪芹的说法，当我们拿到雪芹选的三款围巾，立即装饰起来，拍张照片一看，还真是有点法范儿。

国强选好酒，我们选好围巾，开始穿过大街小巷往镜面广场（miroir d'eau）方向走去。波尔多城市中大多数建筑是奥斯曼式的，特点是二层或三层的石灰石楼房，浅黄色的墙面、黑色的屋顶，间或有尖顶圆形建筑。街边的这些建筑，经历了数百年的风雨洗礼，散发诱人的魅力。波尔多拥有除巴黎之外最多的历史文物建筑，历经岁月沧桑，仍保留 350 座历史建筑，保持着建筑风格的和谐与统一。2007 年，波尔多整个城市被联合国教科文组织列为世界文化遗产。

看着，走着，不经意间来到了交易所广场（place de la Bourse）。交易所广场建于 1730 ~ 1775 年，于 1848 年路易 - 菲利普一世时期被定为现在的名称，广场上的三女神喷泉安放于 1869 年。广场周边拥有多座精美的 18 世纪建筑，包括交易所宫、波尔多工商会和国家海关博物馆，这一组精美、宏大的建筑，显示出波尔多曾经的繁华与重要性：一片繁荣之地、一个重要的大西洋港口。这一系列建筑，正是为与不列颠群岛、德国以及西印度群岛进行葡萄酒贸易而服务之地，国际间的葡萄酒贸易使 18 世纪成为波尔多的黄金期，维克多·雨果（Victor Hugo）曾经这样称赞说："将凡尔赛加上安特卫普就是波尔多。"

交易所广场对面就是著名的镜面广场，它建造于 2006 年，占地 3450 平方米，因地面铺设了一层薄薄的水层而有镜面效果，故得名。这是一个很浅的、刚没过脚背的大水池，把城市倒影在里面，人们可以在上面玩水，每隔 30 分钟水会排掉，然后喷出水雾。这儿是波尔多最美、最有爱的景点了，因为这个广场，不仅提供绝美的城市倒影，更提供了孩子们随意嬉水玩乐的空间。我们走到近前，虽然没有更多的时间仔细欣赏，但是静静地驻足片刻，已经被这梦幻之地所感染。

　　离开镜面广场，继续前行，不一会儿就到了位于市中心的
坎康斯广场（Esplande des Quinconces），一大片的法国梧桐是
这个广场最浪漫之处。在面积 12 万平方米的广场上，高大、整
齐的梧桐树分布在各处，两条对开的轻轨在这里并行，仿佛穿
行在绿色森林之中。说实话，我没有想到有这样的城市广场，
整整"一座森林"放在城市中央，人们在这里休憩，或者换乘

去各地的电车。雪芹告诉我们，到春秋两季这里又成了嘉年华，是孩子们的游乐天堂。这片梧桐树实在是太漂亮了，我们几个人忍不住摆出各种姿势拍照，每一处、每一景皆动人。

波尔多更令我心动之处，是因为这是哲学家孟德斯鸠与文学家蒙田的故乡，他们两位对我的内心成长都有着极为特殊的影响力。在孟德斯鸠那里，一种基于责任、法律以及真正自由的意志，鲜活地呈现出来；在蒙田那里，一种基于自然、爱与知识的美感，如芬芳围绕在四周。

记得在北师大进修哲学时，总是被苏格拉底、亚里士多德、柏拉图、孟德斯鸠、休谟、康德等先哲所折服，每次大声朗诵他们那引人深思、令人警醒的文字，都会有一种为正义、真理与自由而奋斗的情绪萌发。第一次读到孟德斯鸠的《论法的精神》时，完全被震撼，"法的精神"是一种关系，是法律同政体、自然地理环境、宗教、风俗习惯等各种因素的关系，同时也是法律之间的关系，这些关系是"法的精神"的本质与核心。孟德斯鸠认为："支配和统治一切的，在君主政府中是法律的力量，在专制政府中是永远高举着的君主的铁拳，但是在一个人民的国家中还要有一种推动的枢纽，这就是美德。""自由不是无限制的自由，自由是一种能做法律许可的任何事的权力。"这位提出"三权分立"学说的伟大哲学家，奠定了资产阶级政权的理论基础。

《蒙田随笔全集》是伴随我度过整个大学四年的最重要的书之一，对于田园的向往，对于自然的热爱，这些都是蒙田给我的开示。在很长一段时间里，我甚至可以大段地背诵他的作品，而自己写作随笔的风格，更深受其影响。蒙田说："我需要三件东西：爱情、友谊和图书。然而这三者之间何其相通！炽热的爱情可以充实图书的内容，图书又是人们最忠实的朋友。"他也说过："真正有学问的人就像麦穗一样：只要它们是空的，它们就茁壮挺立，昂首睥视，但当它们臻于成熟，成为饱含鼓胀的麦粒时，它们便谦逊地低垂着头，不露锋芒。同样，人类经过了一切的尝试和探索，在这纷纭复杂的知识和各种各类的事物之中，除了空虚之外，找不到任何坚实可靠的东西，因此就抛弃了自命不凡的心理，承认了自己本来的地位。"还记得读《蒙田随笔全集》所感受到的惊喜，一本薄薄的小册子，被我反复阅读后都散开了，以至于后来不得不为这本书包上书皮。

没有想到波尔多是这两位我深深喜爱的先贤之故乡，当我知道他们的名字分别留在波尔多大学之中与大学共存的时候，内心充满着喜悦，真的是太美好了。一个诞生伟大哲学家与文学家的城市，一定是一个蕴含着极深思想、足够开放、多元交流以及坚定信仰之地。

波尔多是由凯尔特人于公元前 300 年左右建立的，称为"Burdigala"，意思就是"居住在低洼的地方"。看到这个名字的时候，竟然联想到，这是否意味着这个城市的人，具有一种自谦与自律的传统，并把这份自谦与自律内沉在城市的血脉之中。

公元前 60 年，波尔多被罗马人统治，城中的加连宫（Palais Gallien）是波尔多现存最完好的高卢—罗马遗迹，它的名字来源于公元 253 年～公元 268 年执政的罗马皇帝加连，这座典型的罗马时代圆形竞技剧场为后人留下了一抹当地高卢人被凯撒征服之后的时代印记。公元 50 年，罗马人在波尔多种植

了第一棵葡萄树，喜好传播文明的罗马人还是将他们的葡萄种植和酿酒技术带到了阿基坦，就像他们之前对普罗旺斯和罗讷河谷的葡萄酒发展所做出的贡献一样。凯尔特人、罗马军团、匈奴人、汪达尔人、西哥特人先后攻陷波尔多，最终加洛林王朝的查理大帝将波尔多乃至整个阿基坦都收入了法兰西的囊中。这一系列的征战，让波尔多在经历战争的洗礼之后，越发沉淀出坚毅与执着，这坚毅与执着同样也内化为这座城市的风骨。

十八九世纪随着葡萄酒贸易的发展，波尔多的城市发展进入黄金时代，直到今天，许多建筑上还能看见那一串串葡萄石雕，刻记着当年因葡萄酒而带来的辉煌。巴斯德（Louis

Pasteur）说过，"葡萄酒是世界上最干净、最健康的饮料"，当然他在这句话的后面加上了一句"适量饮用"，这位 1857 年发现酒精发酵原理的科学家，以及他的助手创建的波尔多葡萄酒学院，加之 1855 年的第一次葡萄酒评级，都极大地推动了葡萄酒生产的发展，这一切的努力，让开放与科学成为波尔多这座城市的个性。

离开坎康斯广场，我们乘轻轨去看波尔多最新地标——"葡萄酒之城"（La Cité du Vin），这座设计极具时尚感与现代感的波尔多"葡萄酒之城"，历时 7 年建成。2016 年 5 月 31 日，奥朗德总统亲自主持了落成仪式，6 月 1 日正式对外开放。它的宣传册上说："他们的设计抓住了葡萄酒的灵魂和流体本质，'无缝曲线，难以捉摸，还很性感'。"的确，当我们来到它的面前能感受到：整个建筑美艳而灵动、前卫而温馨，其结构象征了酒杯中葡萄酒的漩涡。从城市很远处就可以看到它，连出租车司机都很自豪这座新地标的出现。我们在里面观赏到了很多关于葡萄酒的历史、知识。我觉得好玩的是测试香气的地方，做一个品酒师真不容易，单就那几十种香气，已经让我晕头转向了。场馆内大量运用了新媒体展示方式，每一种酒的介绍，甚至用"5D"技术来呈现：可以闻到酒香的味道；可以看到"拿破仑""丘吉尔"等人演出的关于葡萄酒的戏剧；很多地方都被打造成舒适的场所，甚至有一个介绍酒与诗歌的地方，完全是可以躺在椅子上去观看的，因为屏幕在屋顶上空；每一处的设计，都给人优雅且细腻的感觉；顶楼还有免费品酒的项目，在其中，人真的是醉了。

这几日有机会向雪芹和国强请教葡萄酒的一些知识，国强给我讲了很多关于酒庄以及葡萄酒市场的知识，雪芹则给我讲了很多关于葡萄酒本身的知识。当我问雪芹什么样的酒才算是一款好酒时，她的回答让我深受启发，她说："简单说来，一款好酒要有以下几个基本特征：平衡、复杂、变化。你将酒含在口中，可以感受到它的质感、味道和层次。优质的葡萄酒停留在口腔内时应有幼滑感，然后味道会丰富起来，酒香会令你有回味感，而且在口腔内久久不会散去，同时这些香气应该平衡、协调、幽雅、令人愉快。葡萄酒不是给人烂醉的工具，小酌会给心灵一次假期，在微醺中品味生活的美好。"

评判一款葡萄酒是否平衡，一般采用三个标准：甜度、酸度和苦涩感。这三种口感结合在一起，就有了雪芹说的"平衡、复杂、变化"，从而形成了波尔多葡萄酒的独特性与多样性。我觉得波尔多城市本身，也是三个标准组合的平衡：自谦与自律、坚毅与执着、开放与科学。这三组特质组合在一起，让波尔多具有了几个世纪的魅力，并可以跨越时空与未来。

我们再一次乘上轻轨电车，准备离开波尔多市区。电车依然驶过奥斯曼式建筑群，回望一座座流逝的古建筑，足以让人有穿越之感，虽在现代轻轨电车之上，却感身陷中世纪风情之中，古典与现代交织着，就如梧桐广场穿梭的轻轨车一样玄妙。

从低洼之处崛起，站在时代之高处，容故纳新，历久弥新，这就是我心中的波尔多。

普罗旺斯

生活的回归

Provence

—

十几年前，一次偶然的机会，我看到一本书——《普罗旺斯的一年》，一种自己想要的生活方式，就这样不期然中被描绘了出来。然后看了一系列普罗旺斯的书籍，于是这个名字就被深深地刻在脑海里。想不到，走到普罗旺斯竟然花了十多年的时间，如果不是雪芹的努力，还不知道要等待多久，所以心存感激。

朗巴勒（Lamballe）
每一刻都可以浪漫

在法国仅有两天的假日时间，内心只是渴望与普罗旺斯交集，雪芹很理解这份期许，竟然带着她的合伙人周律师和 Amanda 辗转赶来朗巴勒接我。我对法国没有什么概念，不知道这个距离到底有多远，只是知道他们三位需要从巴黎乘坐高铁到朗巴勒，然后再带着我换乘两次高铁，租好一部车，朝着我梦里去过多次的普罗旺斯进发。

朗巴勒是一个滨海城市，小城人口一万多人。最令我欢喜的不仅仅是这里有我们合作伙伴科普利信（Cooperl）公司热情的朋友，还有优美、纯净的风光。走到海边，停靠的帆船让小城多了与大海的互动；走到小城尽头，看到圣母玛利亚的雕像、绿白相间的灯塔以及蜿蜒的山丘和碧蓝碧蓝的大海。科普利信的朋友拿上红酒、他们自己公司的肉制品、法国面包和餐布带

着我们来到海边，举办了一个小小的海岸野餐，虽然岸边风有些大，还是很佩服法国人的浪漫。在我们紧张的行程中，硬是挤出半个小时来，设计了这个海岸小聚餐，着实让我惊叹。很多时候我们都觉得太忙了，其实只要用心，骨子里透着浪漫，半个小时还是可以制造出无与伦比的感受。带着惊喜，和着风，觉得肉制品还真的很好吃，这样设计让我们品尝公司的产品，真是独具创意。

和对方高层交流会议和晚餐，被安排在一座有着 700 年历史的古宅中。阳光很好，涂抹在透着时光的墙上，庭院中灿烂的花与窗台上的花呼应着，让新的气息填满周边，让人赏心悦目而又感受厚重，下午的交流会再一次领略了法国人的浪漫。喜欢他们在细致的工作交流中，加入法国情调的用心，文化也就这样不经意地传递了进来。

工作就这样在法国情调中顺利结束了，我们达成了更深入的合作框架，接着是细化的工作了，需要回到中国落实。我走出古宅的时候，内心很期待把这份法国情调带到中国市场，让大家在中国也可以体验到法国产品中法国浪漫，其实让国人享受到最好的肉制品，一直是我的梦想。

然而更让我开心的是，有亲爱的朋友就在不远处等着我，心里知道，回到酒店就如回到亲人的身边，这份异国家人的感觉，实在是美得无法形容。

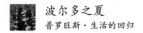

阿维尼翁（Avignon）
绵恒的创造

结束工作的第一个早晨，雪芹端着汤锅到餐厅和我吃早餐。她为了让我在法国可以喝上广州煲汤，竟然在香港买了汤锅和汤料，一路带到法国，然后又带着来见我。我当时还惊讶为什么短短的行程会有一个如此大的行李包，原来里面放着汤锅，于是脑海中浮出周律师拖着大包上高铁、爬楼梯的画面，心里很感动。

端起汤碗，喝到了最美的煲汤，里面是浓浓爱的味道。在随后的两天里，汤锅也随着我们走进普罗旺斯的各色小镇。早餐厅遇到的一对中国夫妇，如果知道我是被如此呵护，那惊讶看汤锅的表情，一定会变成羡慕、嫉妒、恨。因一锅汤，普罗旺斯之行一启程，已是归家的味道，心里满满的感恩。

吃完暖心早餐，按照雪芹细致设计的路线，周律师带着我们开始朝古城走去。很快一座断桥映入眼帘，它是罗讷河上 12 世纪所建的圣贝内泽大桥，原长 900 米，有 22 个桥孔，现在是一座只剩下 4 个桥孔的断桥。因这座桥，有一首流传很广的法国民歌——《在阿维尼翁桥上》。歌词大意是：

在阿维尼翁桥上，
人们跳舞，
在阿维尼翁桥上，
人们围成圆圈跳舞。
英俊的男子们这样跳舞，
美丽的姑娘们也这样跳舞，
官员们这样跳舞，
孩子们也这样跳舞，
……

传说在 800 多年前，15 岁的牧羊少年贝内泽受到神灵启示，要在罗讷河上建一座桥。起初没有人听信他的话，当他独自一人将一块十几个人都抬不动的巨石搬到河边，确定了建桥的位置之后，人们才相信他有神灵相助。大桥历时 8 年才最终建成。17 世纪中期，因当时湍急的罗讷河水，导致大部分的桥墩被冲毁，所以又有"阿维尼翁断桥"之称。为了让我们更好地观赏到断桥，周律师特别围绕着桥转了一圈，我一直远远地注视着它，如同维纳斯的断臂一样，圣贝内泽桥有一种残缺的美，让你一瞬间被打动，然后深深地陷进去，想象着各种可能以及由残缺引发的完整的追索。

　　晨光下的断桥，映衬在碧蓝天空下和罗讷河水中，四孔桥虽无法连接两岸，却连接了人与断桥，断桥也因此有了隽永与惆怅，从而萌生了这样一首歌谣，充满欢乐与喜悦，表达了法国人的天性乐观。

离开断桥，进入古城，沿着周长 5000 米的用大石块建造的古城墙行驶，这让我想到长城，多少有点空间错乱。很快我们进入到古城中间，准备到阿维尼翁教皇宫（Palais des Papes）参观。第一次读到阿维尼翁是历史书上的"阿维尼翁之囚"，所以很想去看个究竟。走进广场的巷子里，一位女风琴手在演奏欢快的曲子，不知为什么，我认为她是波兰人，演奏的曲子是《蓝色多瑙河》，喜欢极了。所以问雪芹："有硬币吗？"雪芹拿出好多，我一下子全给了女风琴手，她微笑着看着我。可我忘了接下来可能还要用硬币，不过有雪芹在，她一定会有解决方

案的，给出去时也还安心。穿过巷子来到广场，就能看到教皇宫雄伟的建筑群了，它是坐落于阿维尼翁市中心的一座古老的宫殿。

因为有中文电子导游器的缘故，我们看得很认真。静谧的午后，阳光将空间切割得冷暖分明，就如这座宫殿被历史切割得分明一样。由于惧怕意大利人的反对，克雷芒五世始终未去梵蒂冈，并于1309年将教廷迁至在法国控制下的意大利北部紧靠法国边境的阿维尼翁。教皇势力因此受到极大的冲击，后世的历史学家将此时的教皇称为"阿维尼翁之囚"（Prisoner of Avignon）。1334年，宫殿始建于阿维尼翁北部一块巨大的岩石之上，是欧洲最大、最重要的中世纪哥特式建筑。阿维尼翁因其祥和、宁静的环境而深受教皇偏爱，曾成为教皇领地，历史上有六次教宗选举是在阿维尼翁教皇宫举行。在拿破仑时代，教皇宫被法国军队征用，成为一座兵营兼牢房。行走在教皇宫中，倾听着其中发生的故事，恍惚中感受时光的变迁，以及历史的兴衰交替。

太阳升得更高了，雪芹在教皇宫庭院中的像成了"剪影"。时光就是有如此的力量，往事瞬间散落时光身后，让拥有也一样变成尘埃。仰望教堂的尖顶以及穹顶，你会感受到忘掉自己，才能望透天高地厚；走进庭院，你又会感知，风吹过的时候，尘埃也都散尽。是的，谁又真的存在过？七任教皇都不在了，在的是教皇宫。

有些时候，人真的不需要太过在意自己。徘徊在教皇宫，穿行在庭院中，长廊里，穹顶下，细细品味教皇的图书室、起居室、管家的房间、地下的金库，以及会见客人的地方，每一处都花费了心思，每一地都带着寓意。威严与仪式，能够带来心的虔诚，而心安之处，依然是人与自然、宇宙相通之处。

人类的心智，总是希望在黑暗中求得光明，在愚昧中获得智慧，在现实中保有理想。历史就是这样延续着，延续人类心智上成长的痕迹。而今，庭院已经成为一个颇具影响的音乐会场地，我们到时，整个庭院搭满了脚架，正在安装椅凳和灯光等。想象着悠远的音乐缭绕于高高的教堂塔尖时，深远的过去也就伴着乐曲，衔接到现在和更深远的未来。

　　从教皇宫出来，决定去看靠近尼姆（Nimes）的加尔水道桥（Pont du Gard）。雪芹拿出的 5 欧元纸币上的图案画的就是这座桥，由此可见其影响力。不过真的走到它近前，才发现其宏大和俊美，一位诗人说："站在加尔水道桥前，你除了静默之外，找不到任何语言来形容。"

　　早在公元前 19 年，相传罗马皇帝奥古斯都的密友和副手阿格里帕设计了加尔水道桥。加尔水道桥实际上是罗马人为了给尼姆城提供生活用水而建的一条输水道，或称作渡槽的一部分。据介绍，这条输水道原长约 48 公里，比迄今尚存的另一处同类建筑——西班牙塞哥维亚输水道（16 公里）要长得多。桥长 268.83 米，高 49 米。桥梁为三层拱式结构，最下层由 6 跨拱组成，长 142 米，宽 6 米，高 22 米；中间层为 11 跨拱，长 242 米，宽 4 米，高 20 米；最上层由 47 跨拱组成，长 275 米，宽 3 米，高 7 米。大桥最下层是人行、马车通道，后已改造为公路。顶层则是一条输水渠道，排有 35 个小拱，渠道深 1.8 米，宽 1.2 米，并带有 0.4% 的纵坡，便于渠道输水自然流淌。两千多年前的罗马人能够奉献于世人以如此壮观的人工构造物，为人世间之奇迹，历久而不堕，着实令人叹为观止。

　　靠近桥去感受两千多年前的智慧，真是很奇特。河水并不多，更显得这座桥的高大，站在第一层人行桥上，远眺河岸和

山峦，让人无法想象当时的情形，除了钦佩之外也的确没有语言可以形容。水道桥的两岸如今已是旅游景点，世界各地的人前来欣赏，时尚的装束点缀在桥上，水道桥越发显得古朴。沿着通往桥的小路上，展示着各种情形下水道桥的风光摄影，以给人更多视角去观赏它，我喜欢管理者的这份设计与用心。

　　雪芹发现水道桥旁有餐厅，建议就以桥为背景，好好品味一下南法的食品，而且还有著名的冰激凌，我们也开心呼应。

　　坐在和煦的阳光里，每一盘菜品都拼着丰富的色彩，周律师说这是南法的风格，色彩丰富而多姿，选择的冰激凌也有五种颜色。观赏四周，都是带着爱犬、品着葡萄酒、俊美的法国人；远处是古老而宏大的水道桥，略微热的风，散着闲闲散散的气息。雪芹专门点了当地的红酒，我虽无品酒之力，看着摆在眼前剔透的酒，也是赏心悦目，更何况有好友在身旁，内心感慨，此时的人生是用来品味的，感觉真好。

阿尔（Arles）
黄色咖啡厅

　　向往普罗旺斯源于两个原因：一个是薰衣草，另一个是梵高。第一次看到梵高的作品时，是一种直觉的欢喜，向日葵金灿灿的色泽，幽兰色的星空，明黄色的咖啡厅，不记得是谁说的："看遍梵高的风景，看遍世界的美。"每次看梵高的画，总会感受到那种纯纯的自然之美，浓烈而炙热的阳光，鲜明而丰富的色彩，以及画家独特、敏锐的视角。

　　看过丰子恺编著的《梵高生活》，其中一段话令我印象深刻："夏日的阿尔，每日赤日行空，没有纤云的遮翳。生于北方的梵高身体上当然感到苦痛与疲劳。然而日出期间，他从不留在家里，总是到城外的全无树影的郊野中，神魂恍惚地埋头于制作。他呼太阳为'王'！制作中反把帽子脱去，以表示对太阳王的渴慕。'啊，美丽的盛夏的太阳！使我的头脑震栗！人们都说我发狂，其实在我何尝是发狂？'梵高在阿尔的太阳下，是'以火向火'，不久将要被他烧尽了。"

每看到这段文字，总是浮现出梵高在骄阳下作画的样子，一个仰慕阳光、融入自然的样子。也许如他所言，他是在发狂，这份狂由太阳反射到今天我的敬畏之中，才有了无论如何要到南法，寻找梵高足迹的念头。

去阿尔的路上，道路两旁有茂密的梧桐树，枝叶的繁茂让车行驶其中有一种很动态的感受，雪芹说用摄像模式录制下来，很像大片的感觉。照做了一下，还真是如此，梧桐树一一退后，我们一路向前，车中传出朴树的"白桦林"的曲子，一切都刚刚好。

梵高第一次打动我的是《花瓶里的十二朵向日葵》，也许是因为自己在黑龙江长大，常常会看到大片大片的向日葵地，金灿灿的，十分耀眼。小时候，不理解为什么叫向日葵，大一点知

道它是面朝太阳生长的，这感觉真是极好。在成熟季节，剥离饱满的瓜子总是给人一份特别的满足感。看到梵高的向日葵，就是这种特别的满足感，饱满丰富的黄，金灿灿的，填满你的眼，即便是离开画面很久，这黄也会深深地印在目光中和脑海里。

所以，那一刻我就在想，这个画家一定是个生活在向日葵旁、充满狂热、生性执着的人。后来再去寻找梵高的其他作品，了解他的生平，更加觉得奇特。关注梵高时，爱上了他的《夜间的露天咖啡座》，深爱他的《星月夜》，然后暗暗地告诉自己，一定要去阿尔，坐在这间黄色的咖啡厅里；一定要到圣雷米（Saint-Rémy），看看蓝色的星空。现在就在实现梦想的路上，真好。

梵高出生在荷兰北部一个古村落，一间数百年前的老屋里，父亲是一位新教牧师，母亲也是出身于牧师家庭。梵高有着这样的血统，生于这样的环境，所以童年时就被赞为"一定是有深刻的宗教心与单纯的信仰力，而能到处窥见神意的人。"梵高是在亲近田园的自然中长大，富于冥想，画画的笔迹灵动，他向来不习雕塑与绘画，一旦心有所感，形象就会得心应手地产生出来。他一生从未受过正统的绘画教育，他的成绩不是技术的产物，乃热情的产物，这是我被他吸引的缘故。

在阅读他的传记中，有几个故事令我深深感动。他在贩卖绘画及美术品公司工作时，因为对艺术的真实性创见，常常向顾客宣传自己的主张："商卖是图利。图利是上品的盗窃！"这样也就自然无法再从商。他去当教师，虽然他很喜欢孩子，也欢喜这份职业，但是他还有一个职责是去收学费。当看到学生家中的"贫苦"，悲惨的印象深深地刻在他的心中，他无法去收债，只在贫民窟中徘徊，伤感了一会儿，带着空囊和充满悲哀的心回到学校，教师的职业自然也就失去了。

梵高在比利时做过传教士，他走到坑夫中、劳工里，用尽自己的精神来鼓舞大家，"到了冬天，坑夫之间盛行伤寒的传染病，梵高日夜在一个个病人的枕畔慰问、看护，忠诚的心与绵密的关注，实践了基督徒全般的慈爱与谦让之后，终于损害了自己的健康。"当他的父亲接到此信息赶过去接他的时候，坑夫们为他和父亲举行了一个送行的祈祷会，在坑夫为他致辞的那一刻，许多教徒的颜面上充满了一种不可思议的荣光，这是梵高一生中永远不能忘却的一晚。

这些感动我的片段，让我对梵高产生了一种特别的喜爱，他细腻而深刻的同情心、虔诚而谦让的付出和专注、忠实于自然而不落入世俗的坦率、慷慨忘我的情怀，都深深地打动着我，使我更加喜爱他的画作。记得一句话说"生活是作品的说明文"，用这句话来描述梵高和他的作品，是极为贴切的。

就是这些故事，引发了我对梵高的喜爱，让我对去寻访梵高生活过的地方充满渴望，虽在法国的时间极为紧张，我还是告诉雪芹，我只是想到普罗旺斯，特别需要去看"梵高"。雪芹真好，并没有问为什么，也没有告诉我如何设计这短短的时间才合理（其实我的要求在行程设计上，根本就不合理），而是二话不说，把一切都安排妥当。

此时，几位好友就在我身边，一起去梵高生活过的阿尔，车依然在高大茂盛的梧桐树中安静地行驶中，熟悉的歌曲缭绕在整个车厢中，看着窗外宽阔无垠的原野，心也一样开阔起来。梵高留给我的印象不是割了耳朵的疯狂，也不是潦倒贫苦的拮据，更不是苦恼忧愁的困顿。梵高给我的印象就如他笔下的向日葵、蓝色的星空夜，灿烂而丰富，深邃而明亮，我真的很喜欢自己对于梵高的认知。

车子驶入阿尔，停留在一个小小的教堂旁，周律师需要找停车场，雪芹、Amanda，我们几个开始走进城中小巷，寻找那家黄色的咖啡厅。也许是目的性太明确了，所以并未很好地去观赏这座古城，相反只是照着地图，单纯地寻找梵高画中的景观。

阿尔是一座淳朴的古城，这座罗曼时期的古城，拥有丰富又独特的世界艺术遗产。在我们随意停车的地方，就可看到古老的建筑所散发的时光痕迹。望向四周，每一座建筑似乎都可以挖掘出一段不同寻常的故事，所以阿尔也是让艺术家和诗人找到灵感的形象之都。我们穿行在街巷之中，无数私人宅邸建造于十七八世纪，置身于两千年前的古老建筑中，更感阿尔城的魅力。不过最具魅力的还是梵高，这里每年都能吸引成千上万的游人，我相信大部分人都是为了到此追寻梵高的足迹。

阿尔的大街小巷，处处可见露天的咖啡馆和餐馆，几乎每

个巷子转弯的地方，就可看到一家咖啡厅或者餐厅，透着历史的建筑，在骄阳之下，泛着温暖的味道。Amanda 在一间房子的门槛下，看到主人细心画上的小老鼠，好像它要破门而入的样子，很是可爱。有些房子涂上红色，大部分的门窗都有着不同的色泽，穿行其中，也有在画

面里的感受。闲坐在各色咖啡厅的人，分不清是游客还是当地人，只是感觉大家都很闲适，觉得此时此地，时间真的可以交由你自己去安排，我想也许这也是梵高可以在这里达到创作高峰的缘由吧。

来到阿尔，梵高在信中写道："此地空气的透明，与愉快的色彩的效果，无异于日本，真是美丽！""我在这里比在北方健康得多。我在正午的烈日之下，也在麦田里工作。像蝉一般地欢喜它。唉！我悔不早10年，25岁的时候来这地方！——那时我只晓得欢喜灰色，或竟是无色……"

虽然我不知道，现在走在阿尔的巷中，与1888年的梵高所生活的阿尔有多大区别，不过，所见到的纯净、悠久与色彩的丰富，真的给了我很深的触动。穿行在阿尔的巷中，我终于明白，塞尚为什么推荐阿尔给梵高，因为他知道，梵高寻找明亮的光线和色彩，而阿尔正是这样一个色彩丰富的古城。梵高在阿尔仅停留了15个月，却创作了约200幅油画，我最喜爱的《花瓶里的十二朵向日葵》和《夜间的露天咖啡座》就是在此期间创作的。

Amanda知道我的心思，所以认真去寻找那家咖啡馆，也看到游客如我们一般在寻找，似乎都在寻觅中。不过穿行巷子本身，也给了我们很多快乐，甚至跑到一家小店，买到了我喜欢的T恤。

我们终于走到弗洛姆广场，看到了著名的《夜间的露天咖啡座》的画址。相传梵高在这里作画时，就住在这家通宵营业的兰卡珊尔咖啡馆里。我没有急于走近它，反而停顿在远处，去看那黄色的建筑，用梵高的视角，观赏这家本来很普通的咖啡馆，却因进入了梵高的画作，而成为令人向往之地。

我们是在接近中午的时候来到这里，所以在我观赏这家黄色的咖啡馆时，无法看到梵高在夜晚观赏它的角度。我尤为喜爱这幅作品，是因为画中缀满星星的深蓝色的夜空，总是让我不自觉地想到浩瀚与深邃；橙黄色的棚架又让这深邃有了温暖的调性，配上暗黄色的街灯，小巷向深处拓展，细碎的石子地面，散步的人和咖啡桌前的人，站在顾客身旁的侍者。这一切组合在一起，让我看到了一个安静与平常的夜晚，透着动感与生活的气息。梵高精湛的笔触，以及强烈色彩的对比，透露出他内心平静与躁动，渴望安宁却又不安的张力，我为这份宁静中带着张力所打动。

咖啡馆已经改名为"梵高咖啡馆"，我们几个人终于走进这家咖啡馆，选了一张桌子坐下来，也点了一杯咖啡，靠着黄色的墙壁与店名照了一张相，也许是三个人内心的想法不同，照

片上三人的神情各异，雪芹看到照片时乐翻了，哈哈，这也算是梵高的魅力吧。

在阿尔期间，梵高作品极为丰富，同时，在这短短的 15 个月里，他的人生遭遇也极为复杂。他遭遇了与挚友高更从"共同生活"及"协同创作"的美梦中坍塌的极度痛苦，以至于梵高神经错乱、旧病复发，他拿刀袭击高更无果，后来竟然割下了自己的一只耳朵。他也遭遇了阿尔市民联名要求市长，把他关进医院的情形，最后不得不离开阿尔。

也许我并不喜欢他在阿尔的这些遭遇，所以并没有想办法去找他与高更一起住过的"黄房子"，也没有去寻找"梵高医院"。内心里，我多么希望没有高更的出现，没有阿尔市民的排斥，没有割自己耳朵的疯癫，只有金灿灿的向日葵，以及蓝色星空下的黄色咖啡馆。

就是因为这样的想法，所以在阿尔没有再去寻找梵高其他作品的画址。心满意足地走出咖啡馆，回望整个广场和街市，想象着每天梵高往来这里的情形，觉得一切都刚刚好。

走出咖啡馆后，我们打算也和梵高一样，离开阿尔去圣雷米。去与周律师汇合的路上，沐浴在强烈的阳光下，人似乎被某些东西唤醒，恍惚间好像看到 1888 年梵高充满激情的样子，而太阳投射下来的光，也让我感受了梵高居留在此的温暖。

圣雷米（Saint-Rémy）
爱的发心

　　去圣雷米，是因为我还特别喜欢梵高的《星月夜》，还有他的《鸢尾花》以及《有丝柏树的麦田》，这些作品都是在圣雷米创作的。当然还知道，梵高自己动念来到圣雷米，所为的只是一个情深的弟弟，希望自己可以身心恢复健康，以安慰爱弟的心，同时可以再发挥一次自己艺术的光芒。所以前来圣雷米时，我的心充满了柔柔的情愫。

　　我为梵高在身心已如此疲惫之时，还想着到圣雷米而感动，为弟弟对他的深爱而感动。看到《星月夜》画作时带来的内心震撼，更让我对梵高与圣雷米喜爱有加。如果说他的向日葵带给我无限的温暖，而《星月夜》则带给我无尽的深远。所以很期待去圣雷米，去看那个梵高疗伤的地方。

　　我们很快就到了圣雷米，这是一个山脉间的小镇，车子一驶入圣雷米，就看到《星月夜》画中那个尖尖的教堂塔顶，在小镇非常显著的位置上，教堂前面就是市政广场，我们把车停在广场的停车场里，然后朝着教堂走去。

刚好有人在举办婚礼，大家都站在教堂门前看乐队表演，欢快的人群，幸福的新人，开心的宾客，轻快的乐曲，给刚进入小镇的我们一种幸福与快乐的感受。那一刻，我还未感受到梵高所感受到的一切。好玩的是，无论是在阿尔，还是在圣雷米，我们到的时间都不是晚上，所以梵高于星夜下的创作，于我此来多少有些错位，不过，好在画作所呈现的景致依然如故，也就弥补了一点点缺憾。

地图上标着小镇里有一条"梵高大道"，周律师和小夏就带着我们朝着这条大道走去，这里的街道似乎比阿尔所走过的路要宽大一些，但是转到巷子里，人却比阿尔少一些，似乎非常安静。走了一段路，感觉走不到疗养院，周律师去问商店里的店员，才发现需要调整路线，我们快步更换方向，朝着疗养院的方向走去。

太阳很热，阳光强烈而刺眼，我们安静地走在路上，Amanda和雪芹感觉不错，因为都走过"戈壁挑战赛"，难为了周律师和小夏。三个戈友相对一笑，默契地走在阳光下，大步向前。据说梵高所在的疗养院，早先是一座古僧院的遗址，后改造为疗养院，收容神经病患者以及癫狂患者，患者常常从很远的地方来到这里疗养，梵高就是其中一个。

走了很长的一段时间，但还是看不到半点古僧院的痕迹，大家开始怀疑是否走错了，雪芹担心我累，建议周律师折返回去取车来接我们。正在商量时，正好遇到一个当地的居民，她告诉我们疗养院就在前面不远，穿过一条细细小小的路就到了。我们顺着她指引的方向，往前走，才发现古僧院坐落在居民区的后面，那条细细小小的路，是僧院高高的院墙与邻居之间的间隔。沿着高墙走到僧院的前门，看到了"梵高博物馆"的门牌，终于找到了。

疗养院至今还在使用中，只是把梵高曾经生活的地方单独开辟出来，作为梵高博物馆。一进入院门，就看到道路两旁的矮墙上，挂着梵高的画作，第一幅就是我喜欢的《鸢尾花》。

再往前走，看到拿着一束向日葵的梵高铜像，也许他当时真的病了，铜像的梵高细瘦，面容带着痛苦，在我看来，只是拿着向日葵的手充满了力量，而整个身躯几乎散发的全是无力支撑感。定定地望着大树下梵高铜像，忽然有一种想哭的感觉，那一刻，阿尔充满快乐、生命力的梵高不再存在了，一种生命将要凝滞的痛感，一瞬间滑了出来。Amanda知道我喜欢梵高，建议我和他的铜像合影，我没敢接受这个建议，选择了快速走开，不想和这样苦苦的梵高合影，怕眼泪流出来。

　　圣雷米山地的自然、明亮的阳光、澄明的天空、高大的柏树、暗绿的橄榄树，以及宽广的田野，加上疗养院温情的呵护，梵高又可以恢复创作了。他把圣雷米的很多自然风光入画，橄榄树、苗圃、柏树、云、太阳、劳作的人、溪谷、岩石、红罂粟、疗养院以及周边的花园等，梵高对这里的自然赞不绝口，称为其生涯中所见的最庄重的景色。他把这一切都表达出来，嵌入到恒久的画面上，那些细腻而生动的观察，落在画家的笔尖，重又呈现出更加自然的状态，真是太美好了。他在这里的创作达 150 幅之多。

我们走进疗养院的小庭院，人并不多，回廊显得清净和平和。里面并没有太多当年梵高的物品展示，只能在一家小纪念商店里看到有关梵高作品的商品，我们选择了很多用他的画作制作的冰箱贴，算是对我的一个安慰。原以为在这里得到的就是这些了，梵高在疗养院的一切可能就在这几个冰箱贴中，那一刻，我还多少有点失望。

但是当去后花园时，我开心极了，这个花园也在梵高的画

作中出现过，花园里的薰衣草，蓝蓝紫紫的，一片茂盛。我快乐地跑到后院，雪芹看着我兴奋的样子，笑着说："老师，明天我们会看到大片大片的薰衣草！"我也笑着说："此来南法，看到这一小片薰衣草，我已足矣！"

我真的很满足，一是因为真的看到紫色的薰衣草，二是因为看到梵高笔下疗养院的花园。身旁有三四个人，安静地坐在花园旁写生，我也站在他们身后，看着他们画画，望着薰衣草花园出神。然后走进花园，顺着这片薰衣草四周走了一圈，也不忘

拍照。看到这样宁静的花园，我想梵高也一定可以平静下来。

有时，可以调整人的心态的环境，并不需要很多的条件。这一方薰衣草、一个小小的后花园，就足以创造出一个宁静的空间。很多时候，我们也许要的真的是太多，反而忽略了身边的环境，忽略了心与自然的对话。站在后花园的树荫下，看这一小片薰衣草在亮亮的光线下，显现出初嫩的蓝紫色，看着生命安静地次第茂盛，安然而又满足，我不知道梵高在这里是否也如我一般。

带着这份宁静，离开疗养院往回走。走回去的路线让我们恍然大悟，因为回去的路线才是真正的"梵高大道"，一路上都有梵高作品镶嵌在路牌上，而作品的画址就是这条大道的每一

处风景。Amanda 说："难怪梵高会画出如此明亮的太阳，这里的阳光就是如此啊！"

已是傍晚，太阳还是很亮，云也一样白色而多样，橄榄树泛着暗绿的色泽，高大的柏树枝头直指天空，一切都和梵高所呈现的圣雷米的自然景观一样：壮丽、高远、灿烂、灼热。

记得有一篇赞美梵高绘画的论文是这样说的："灿然的青玉与蓝玉嵌成的天空，地狱一般的热灼而腐烂的天空，熔金喷出一般的天空，其中悬着火轮一般的旭日。"当时看到这个评价时，认为是梵高疯狂性格的流露，现在走在圣雷米的大道上，亲身感受这里的日光，才知道梵高所呈现出来的，是真正的自然、真正的明亮，以及真正的灼热与壮丽。

我甚至可以想象圣雷米的星夜，一定是和《星月夜》一样，从高大的柏树尖，远远望向整个小镇，教堂塔尖与柏树尖相呼应，紫色的山脊与深暗色的夜空相呼应，错落的房子与旋转的星相呼应，泛着红晕的月，让夜空呈现出更加深邃而神秘，一切都是悠远与宁静，但又充满了跃跃而出的气息，让我无法形容。

沿着梵高大道，观赏着一幅幅伫立在街旁的梵高作品，圣雷米的阳光也一点点铺撒在我们行走的脚步上，一切都在温暖中。只是，不知道为什么，我的脑海里总是抹不去梵高像的样子，内心总是有那么一点点的隐痛，那么一点点的惆怅，那么一点点的难过。

我似乎也无力去理解圣雷米的梵高，那样的宁静、那样的渴望、那样的挚爱、那样的沉浸，一切都在一种交集与冲突中，甚至有些悲壮。雪芹和 Amanda 也许与我的感受是一样的，所以走在路上竟然都一致认为，圣雷米太过孤寂，太过宁静，我们也一致认为梵高不该来到圣雷米，虽然他在这里得到了极好的治疗，获得了暂时的恢复，但是这份寂静也一定触动了他内在的孤独，让这份孤独更深地侵蚀着他羸弱的身体。

也许是圣雷米真的太安静了，以至于我们走在梵高大道的一路上并没有说什么话。安静地走在街上，看到玩门球的老人、寂静驶过的汽车，甚至很少遇到行人。太阳的灼热开始弱了下来，让这个安静的城市有了一点点清凉，我喜欢这样的傍晚，想象星空下在画布上创作的梵高，也如一幅画一样，深深地嵌入到我的脑海中。

来到圣雷米，我问自己，真的理解为什么会喜欢梵高作品的内在理由吗？真的理解梵高生命中把画画作为使命的那种牺牲吗？真的理解梵高对自然的热爱以及对太阳的敬畏吗？真的理解他对弟弟的负疚以及弟弟对他所爱的深度吗？如果不是来到圣雷米，这个梵高竭力调整自己、让使命和本能、对爱弟的亏欠以及对自然的崇拜平衡之地，我先前以为理解的梵高作品，其实是那么肤浅。

我一直拒绝去理解梵高割掉耳朵的片段，一直拒绝理解他开枪打向自己的片段，也一直拒绝理解他那些疯狂的片段，只是想保留他渴望自然，敬畏阳光，同理他人痛苦，竭尽力量想回报弟弟的这些生命中最美的片段。我想，也许他的弟弟提奥也和我一样，无论多少次因为梵高的疯狂而不得不担惊受怕，无论多少次因梵高的疯癫之举而不得不竭尽全力来救济，但是，当梵高真的放弃了自己生命的时候，提奥也在梵高去世6个月后，离开了人世。

我没有很多的资料去了解梵高的弟弟提奥，但是我总是记得梵高与提奥生命最后这一段悲情。我知道为什么自己如此喜爱梵高的画作，因为这些画里更深地蕴藏着梵高对弟弟恒久的

爱，一种无法用语言去表达的爱。我甚至会认为，梵高在其短短的生命里有如此丰厚的画作，是不是其回馈爱弟的唯一的方式呢？所以，无论这些画作在什么样的情形中产生，作品总是有一种滋味在里面：可以窥见内心的情绪、渴望表达爱的情愫、不想割舍的气息、不忍的伤感，以及真正内心有所依托的平静。

从阿尔到圣雷米，我才发觉，自己终可稍微更接近一点去理解梵高的作品，内心里很感谢雪芹带我来到这里。

我们完成了圣雷米的拜访，开始去往下一个地点，用雪芹的话说，那个大片大片薰衣草的地方。虽然我还多少有点沉浸在圣雷米的孤寂中，但是回想梵高做了他自己所能做的选择，我也开释了自己。调整好情绪，让音乐在车内想起来，踏着节拍，我们出发了。

塞农克修道院（Abbaye de Senanque）
禁欲与爱情

南法的第二天被我称为薰衣草之行，雪芹早早做功课，知道这个时间只有瓦伦索勒的薰衣草盛开，所以路线就按照这个方向展开。这是一条典型的普罗旺斯观赏之路，因为在这条路线上，还有石头城和红土城，我相信雪芹的选择，很安心地随着她的设计线路，开始朝着石头城前进。

从酒店出发前，服务员告诉我们，塞农克修道院前的薰衣草盛开了，他们刚刚从那里看回来。听到这样的消息的确是让人振奋，因为这是彼得·梅尔（Peter Mayle）《山居岁月》一书的故事发生地，我渴望着去一睹修道院前如深海般蓝紫的薰衣草花园，去一睹那被称为爱情象征的寓意之地。

去寻找修道院的路上，还穿插了一个五星级酒店的故事。车子沿着被称为石头城的小镇穿行，看到一个路牌上写着一家

五星级酒店的名字，好奇心萌发了出来。因为周边都是石头房子、深山小径，围绕房子的是田园，无法想象这里会隐藏着一家五星级酒店，决定深入其中看个究竟。将车子停到酒店的停车场，我们来到这家酒店的大堂，穿过大堂就看到外边优美的山谷与庭院的组合了。不远处是游泳池，游泳池的周边竟然全是薰衣草，露天咖啡厅的四周也全是薰衣草，白色的伞、白色的沙发、白色的桌布，嵌在紫色的薰衣草中，有一种说不出的安静与和谐。

我建议坐下来品品茶，在这个安静的山谷中，感受那份淡淡的薰衣草香以及淡淡的山谷气息。周律师跑去点好茶，我们就坐在薰衣草旁，品着茶，感受着花香、美景，真有点世外桃源的美妙，不期然地一句诗滑了进来："山映斜阳天接水，芳草无情，更在斜阳外。"好像并不是太贴切，但是不知道为什么，这句诗就这样浮现了出来，也许是这份不期而遇的宁静，诱发了更空宁的想象。

品尝了美美的茶，我们继续去修道院找寻薰衣草。车子沿着山谷的道路崎岖蜿蜒前行，然后在路旁一处石崖高地，看到了修道院和院前那片蓝紫色的薰衣草田野。那一刻，忽然觉得，坐落在薰衣草中朴实无华的修道院，美得已经无法用语言来形容，难怪人们一直把这里称为"法国最美的明信片"。是的，

真的是无与伦比的美：碧空下寂静的山谷，灰褐色的石屋修道院，如天鹅绒般蓝紫色薰衣草，宁静弥漫的超然气息……

塞农克修道院和我想象的完全一样，厚重、简朴而又庄严，这是一座石屋，看不到精致的彩绘玻璃、雕像，也看不到堂皇的钟塔，建筑的高处也仅仅是一个类似于碉堡一样的屋顶，建筑线条十分干净利落。远远望去，感觉这个建筑应该是其教规的外化显像。看资料了解到修道院建于 12 世纪（1148 年），由一位院长及 12 位修道士所创建，这里的修道士素来以严苛律己著称，每天长时间的祈祷、阅读与劳动，吃住和休息时间都有苛刻的规定，借此磨炼修道士的心智。

不过，在这样严谨的修道院建筑前，竟然会有一片美美的薰衣草？我眼前就是这样非常奇特的景观，一座简朴的修道院，面前一大片紫蓝色的薰衣草，略带灰褐色的石屋多少有点沧桑，而紫蓝色的薰衣草却又有极强的生命张力，是那样的年轻与活力四射，两者组合在一起，一种绝然的美腾空而起，使得你站在它的面前，几乎无法呼吸。

这是我目前为止看到的最大的一片薰衣草，雪芹还再告诉我："老师，我一定要带你去看大片大片的薰衣草。"我知道，她一定会带我看到一望无际的薰衣草。只是，眼前的这片修道院薰衣草花园，总是让我难以割舍，也许是因为无法理解，修

道院与薰衣草之间因何而组合的原因所致。薰衣草的花语是"等待爱情"，而普罗旺斯最著名的薰衣草花田竟是出自一群以禁欲苦修出名的西多士修道士之手，也许就是因为这样的矛盾，才让它变成了著名的爱情朝圣之地。可是，我还是无法理解，为何禁欲与爱情会组合在一起。

此刻的这里，没有太多的游人，这样反而可以让我们好好地隔着院墙，观赏薰衣草花园与修道院。细细观赏时，内心滋生出一种情动、一份遐想。修道士按照严格的教规过着清贫、简朴的禁欲生活，他们却在一直精心培育这片美丽的薰衣草花田，我真的想不出来到底为何？有人说是因为薰衣草有极高的经济价值，这或许是一个好的理由，但是我还是觉得总该有一个更加柔美的理由。我所熟悉的薰衣草传说，总是与爱情和浪漫相关，这与远离尘世的修道院及隔绝爱情的修道士组合在一起，到底是为什么呢？

没有人给我答案，我好像也找不到答案。离开修道院薰衣草花园时，也许因为无法获得答案，而多了一点不舍。这份不舍忽然让我理解到，爱情应该是深埋于心底的，一切磨炼都不是为了禁欲，而是为了更深地去理解爱，去理解无可比拟的美。就如薰衣草般，带着香，也带着劳作，从而获得灵性上更加稳定的爱。理解到这一点，我释然了。

石头城（Gordes）
天空之城

认识石头城是源于一部我喜爱的片子《美好的一年》（*A Good Year*），据说这部片子就是在石头城拍摄的。这部电影改编自彼得·梅尔的同名小说，这部小说也是梅尔"普罗旺斯系列"的一本，我认识普罗旺斯就是因为无意中看到了他的作品。其实这部片子也算是彼得的生活写照。曾任国际大广告公司（美国）高级主管的彼得，在厌倦了商场的尔虞我诈之后，弃商从文，在普罗旺斯购置了一座葡萄园，开始了小说与剧本创作。他的"普罗旺斯系列"以清新的文风宣扬了一种恬淡的生活方式。

很久没有看这样漂亮的电影了，喜欢的男女主角，喜欢的背景音乐，喜欢的法国小镇远景图，喜欢的葡萄园，以及那些快乐的农夫、优美的自然环境，当然，更加打动我的是他那真正回归生活本质的选择。

电影中，小镇层层叠叠的房屋堆聚起来，镜头渐渐拉远，一座盘山而建的小镇就矗立在了你的眼前。满眼的银杏树逆光而摄，耀眼闪烁，树下是尽情骑着单车的人们；远处朦胧的绿色，近处清晰的酒香，内心真正渴望的生活，一切都在田园中。彼得·梅尔的书和这部电影，就是我对普罗旺斯纯纯的美的想象，石头城已经朦胧地在我的脑海里，因此问周律师，可否从修道院折返回石头城，让我可以穿行其中，清晰地看看顺着山势层叠而上的石屋。周律师很爽快地折返，让我可以来到石头小镇中。

车子行驶在镇子中时，发现它真是很小，很快就到了镇子的中心，中心在其最高点，还有一座士兵雕像耸立在小广场的中心。环绕着广场的是古老的教堂，一些房子向四周延伸开去，教堂、城堡、民居、盛开的鲜花和充满艺术气息的各色小店，处处透着让人放慢脚步的味道。我随意走进一家小店，看到用小小的玻璃瓶子装着薰衣草籽的冰箱贴，觉得很特别，买了一些送给大家。走出小店，再

沿着石板路往另一个方向走去，看到错落的房屋，处处显出其年月的久远。小镇历史悠久，据说可以追溯到高卢时期，镇上大部分的建筑都建于中世纪时期，这更徒添了小镇的悠远，Amanda采用黑白片的拍摄手法，为我们拍摄了一张小镇照，黑白衬托的小镇，味道越发透着时光的痕迹，很有点文艺大片的感觉，难怪这里会有那么多艺术家、电影演员居住。

　　雪芹在看薰衣草枕垫，我们也随着她慢慢地走在小镇里观赏，四周静谧的氛围，有种时光停滞的感觉，坚固的花岗搭建的房屋，更加重了凝滞感。我甚至在想，互联网时代会联到这里吗？看着小店里的人，安静平和的样子，也许世上纷繁变化，在这里，不过是烟云而已。

离开中心广场，周律师开车带我们去找一个最佳的角度，以使我们可以看到石头城的全貌。周律师找到一个合适的位置，把车停好，带着我们走过马路，站在高处望去，石头城完整地呈现在我们眼前。石头城远看非常壮观，整个城市占据了一整座山头。屋宇因势而建，错落层叠，盘旋而上，最高处是教堂的尖顶，简洁恢宏，似与天接。在四周全是青山、田野的景象之中，一片岩石建成的房子坐落山间，那种感觉真的很奇特，望着它们，知道了为什么叫作"天空之城"。

　　和大家照完相之后，我依然在看着这座城市，脑海中却闪现出宫崎骏的《天空之城》的画面和音乐来，我每次听到《天

空之城》的音乐，总是有隐隐的痛、隐隐的决然。而此时，站在南法的石头城，这份联想，让我很惊讶。

小姑娘希达（Sheeta）是传说中"天空之城拉普达（Laputa）"王族的后裔，那曾是超越地上文明不知几千年的空中文明，但不知为何，希达的祖先离开"天空之城"，抛弃发达的科技，在地面上过起隐居的生活。

故事由希达所坐的军队飞船遭到空中海盗的袭击开始。争斗中，希达从万米高空的飞船上跌落下来……故事另外一个主人公少年巴斯（Pasu）是矿工机师的徒弟，有一天他发现天上有个亮晶晶的东西正在慢慢地下落。他飞奔过去，看到一个好可爱的女孩子，在一团蓝光的包围下从天上飘了下来……

第二天，希达在巴斯的房间里醒来，发现房里有一张"天空之城拉普达"的照片。这是巴斯的父亲冒着生命危险历尽艰险才拍到的真正的天空之城，但没有人相信他，于是巴斯的父亲在郁郁寡欢中去世了。巴斯发誓，一定要向他人证实，世上真的有天空之城存在！这是宫崎骏的《天空之城》。

喜欢宫崎骏，喜欢他对人性中最本质的表达，《天空之城》同样是宫崎骏试图对文明失落根因的追问，去探寻文明如何生存、发展的哲学命题。而这一切，都是通过拉普达这座虚构的"天空之城"的兴衰来表现的。而今，我站在一个真实的"天空之城"，耳边响起《天空之城》的歌声：

谁在遥远的夜空 / 等飞过的流星 / 看它照亮谁的路

谁走入了谁梦中 / 谁用灿烂的笑容 / 画天边的彩虹 / 谁的歌谁轻唱谁在听 / 温柔的心在跳动

彩虹之上的幻城 / 像爱情的憧憬

谁的梦谁沉醉谁在醒 / 谁笑谁心痛 / 谁站在城中等着你 / 谁在城外等我

看天空之城的焰火 / 照亮的是寂寞

彩虹之上的幻城 / 像爱情的憧憬

谁的梦谁沉醉谁在醒 / 谁笑谁心痛 / 谁站在城外等着我 / 谁在城中等你

看天空之城的烟雨 / 淋湿的是别离

雪芹在车旁等着，Amanda 则等在路口，我知道自己需要从"天空之城"下来，回归到朋友的身边，幸运的是，我有他们在等我，不会让心失落。再回望石头城，看那些安静的街道和层叠的房屋，内心里涌起一阵温热，就如《美好的一年》里的葡萄园的农夫，一直执着地保护着他们的家园和传统生活，也因此同样维护着人类的文明。

红土城（Roussillon）
空寂不诱

　　与石头城仅数公里相隔，又有一座标志性的小镇——红土城，周律师建议到那里去吃中午饭，这样就可以从容地欣赏到这个美好的小镇。车子很快把我们带到红土城，一进入小镇，就被其满目的红色吸引。

传说红土城领主年轻美丽的妻子爱上了游吟诗人，心胸狭窄的领主为了报复，残忍地将诗人杀害，深爱诗人的妻子不愿在失去爱人后独自偷生，纵身跳下悬崖，殉情而死，鲜血渗入土地里。从此，这片土地就一直呈现出深深的红色，而这染着血的浪漫红土地变成了吕贝隆山区最独特的风景。

这个故事诠释了红土城，不过自己对这个故事没有太多的感受。相反，整个小镇一片热烈的色彩，给我很强的冲击力，我更情愿每一座红色的房子里，都有一个浪漫的故事。进到镇子里，我们几个人开始分头行动，周律师去停车，Amanda 和小夏去找好吃的餐厅，雪芹去买薰衣草用品，只有我闲散地坐在广场旁的大树下，看红土城的景观。

这里不愧为红土城，所有的房子都是红色的，远远看去像是一座建在红色山崖上的红色要塞。脑海里突然冒出意大利五渔村的样子，一致的红褐色，只不过红土城在红色的山上，五渔村在海边，色彩更丰富一些，但两者在我看来都透着浪漫。

古时候法国人把这里称作 Viscus Russulus，在拉丁文中的意思是"红色的山"，形象地诠释了红土城特有的赭石地貌。红土城作为颜料原料赭石的采掘场，从罗马时代就很有名了，这里曾是红极一时的世界级赭石产地。我不了解这种颜料，吸引我的是这些民居，以及民居上各种颜色的窗框。各色鲜艳的花朵摆放在窗台上，绿色的植物爬满红墙，如果不是身临其境，其实你很难想象，一座城市就是一幅水彩画，每一处都恰到好处，每个街角、每个窗棂、每扇门、每条小巷，再加上悠闲的游人，飘着薰衣草香的空气，以及大大小小的餐厅、咖啡厅飘出的美味，这个小城真是浪漫至极。

我顺着斜坡走到高处，竟然看到一束薰衣草开放在路旁，透过薰衣草远远眺望，红土城也如石头城一样，沿着山坡层叠而上，建着不同特色的屋子，整个镇子轮廓与石头城也很相像，唯一不同的就是色彩，这里是一片红色，很温暖，也很热烈，让你仿佛置身于一个童话世界，用红色渲染着浪漫的传说。

Amanda 从远处招手，一定是找好吃饭的餐厅了。刚好周

律师也停好车，雪芹已经和我在一起，我们便朝着 Amanda 挥手的方向走去。跟着 Amanda 和小夏，顺着弯曲的小径，来到一家漂亮的餐厅，但是主人告知时间已过，他们不再提供餐食。其实那个时间并不是很晚，我想主人一定是界定了自己每一天的时间，不会为了获取更多的收益而调整自己的时间，想到这里，我毫不犹豫地转身离开，心里很佩服主人的做事原则。

小夏带着我们去另一家正在营业的餐厅，穿行在红色的房屋之间，很有点似水年华的味道。餐厅在二层楼的天台上，爬上窄窄的楼梯，到了二层平台，才发现是另一番别致，平台不大不小，安放着七八张桌子，阳光很温暖，与大家在这里用餐，心情大好——自然会有红酒，美丽的邻桌游人，以及一种闲适的气息。

依然是传统的南法餐饮，最欢喜的是周围的人，红色填满视线的惊艳，以及友人陪伴的温馨。一个人的生活中会有各种各样值得纪念的东西，一部分来自成长过程中触动心灵的历程，一部分来自爱、旅行和激情。这是我喜欢旅行的缘故，因为旅行中会让你感受从未感受过的东西，这些因未知而得的惊喜，会让内心充满能量和欢乐，也让生活拥有了沉淀的厚度，更让生命拥有了美好的感应与激情的张力。

这一刻，坐在红色围绕的阳台上，这份惊喜浓浓地化解开，甚至觉得最传统的法国长条面包，也会有着更特别的味道，安静地看着坐在身旁陪伴的朋友，与邻座一家欢快的游人，心头涌起的满足感，也如这红色一般饱满。忽然发现，爱上一个地方，其实只需要一秒钟。

来普罗旺斯之前，我完全不知道红土城，因为交给雪芹规划路线，我不做任何功课，就把自己交给行程，而此刻坐在午后阳光的红土城一家小餐厅的阳台上，身边是不熟悉的语言，却又飘荡着熟悉的气息。这里没有令你惊讶的景观，却可让你融入其中；这里没有抢人眼球的绝美风光，却可让你沉迷之中不忍离

开；这里没有名山大川让人耳熟能详，却可让你安之若素。在这里，你会觉得生命是一种品味，每一刻都是你自己的时光。

朱子曾说："内无空寂之诱，外无功利之贪。"功利是纯现实的，空寂是纯精神的，两者的融合实在是一个难之又难的话题。儒家采用了一种中和的态度来解决这个难题，便有了艰苦内求的历练过程，同时采用一种中庸的取向，但是总是因为要获得成功，而不免功利之求。即便是我所喜欢的道家，陶渊明的悠然、庄子的逍遥、老子的若水，似乎更转向空寂。当遇到冲突的时候，采用道家逻辑的人，常常是回避冲突，并未真正解决问题。所以，融合空寂与功利，真的是难之又难啊！

坐在这里，发现小镇上的人似乎达成了这两者的融合。美酒佳肴、纯净时光，既不避世，也不落俗，我知道自己为什么一秒钟就爱上了它，这正是朱子的境界，也是我的向往。

空寂不诱，功利不贪，其实就是一种朴实的生活方式，一种安闲当下、珍惜拥有的生活方式；一种知道进退取舍、无忧无迫的生活方式。很多时候人们生活得很纠结，无外乎功利不得，空寂不耐。很多人日复一日地追求实现自己的目标，一个目标实现了，更高的目标随之而来，甚至把此称为进步与成长。我问自己，什么才是真正的成长，其实真正的成长，是心性的成长，是对自己局限性的认知，是对于外在证明的淡化，是对于自我认知的成熟，是知止。就如红土城的人一般，不为增加营业额而劳作，只为自己的喜欢而取舍。

仔细想想，今天之中国，想过上这样闲散的生活是多么得不易。每个人都不得不对功利认真，每个人都不得不为世俗的成功而努力，每个人都不得不放弃自己内在的价值判断，而落入外部的价值评判之中。有时和年轻的学生聊天，看到他们在读大学期间，忙于走入社会，忙于赚钱，忙于建立关系，总是觉得内心有些恻隐。看到年轻人开始学着紧张，学着崇拜功利，羡慕学霸，羡慕出名，羡慕偶像，甚至成不了偶像，也要成为"粉丝"，生怕被遗弃和遗忘。整个社会就在一片浮躁与膨胀之中，大家都把每一天的时间塞得满满的，生怕有一点空余的时间，很少见从容生活的人。但是，如若生活都不能从容，心又如何可安？这该是现代中国人的一大苦楚！

想到尼采有关"完人"的一段话，他说："据说中国有句古语叫'金无足赤，人无完人'。但是，如果谁真的想打起灯笼到市面上去寻找完人的话，最终令他感到的可能不是一种失望，而是一种意外：完人其实就是那些终日为'善'而奔波，而又在不知不觉中实现了'美'的'真'实不虚的普通人。"尼采这段话，就是我在此时所感。

谢谢雪芹带我来到红土城，让我感受这份从容，感受空寂与功利之间可得平衡的安闲。知道还有雪芹说的"大片大片的薰衣草"在不远处等着我，起身离开餐厅。离开红土城的时候，内心多了一份快乐、一份安闲。

瓦伦索勒（Valensole）
薰衣草的圣地

　　薰衣草是这次南法之行的另一个诱因，虽然从一开始踏上普罗旺斯的行程中，雪芹就一再告诉我，会看到大片大片的薰衣草，但是我依然为梵高疗养院后院那一方薰衣草感动，为塞农克修道院前那一片薰衣草惊叹。所以，的确无法想象大片大片的薰衣草会带给我什么样的感受，只是在《普罗旺斯的一年》一书中，已隐约在文字里感受到那么一点点浩瀚。在梅尔的笔下，"普罗旺斯"已不再是一个单纯的地域名称，更代表了一种简单无忧、回归生活本意的方式，一种去留无意、过眼烟云的生活意境，这种意境也是由蓝紫色的薰衣草，以及薰衣草淡淡的幽香带来的。

　　车朝着瓦伦索勒进发，我的脑海里还是无法建立大片薰衣草的图景，但是已经看到大片大片金黄色的麦田，其所呈现出来的画面已令人震撼。雪芹还介绍说，这里在另一个季节里，会有大片大片的向日葵。我们到的时间不是太凑巧，所以看不到向日葵，不过按照麦田的景致，可以想象向日葵田带来的震撼。薰衣草、麦浪和向日葵是这里三种丰盛的要素，蓝紫色薰衣草、金黄色的麦浪、橙黄色的向日葵组合在一起的田间，那将是美不胜收。

　　普罗旺斯山区的薰衣草，可以呼应山城无拘无束的岁月，可以呼应田间丰富多彩的气息。这股自由的色彩吸引了很多艺术家，包括我喜欢的塞尚、梵高、莫奈、毕加索、夏卡尔等人均在普罗旺斯展开艺术生命的新阶段，这些艺术家虽然风格各异，表现形式也各异，但是有一点非常相似，那就是对于人性

的充分理解与尊重，对内心深处的欲望的感应和呈现。我想这一定与大片的薰衣草、向日葵和金黄的麦浪有关。

非常有意思的是，雪芹、Amanda 和我三个人一致认为，梵高应该到瓦伦索勒来疗养，而不是去圣雷米。如果他当时选的是瓦伦索勒，也许就不会有后面自残的选择，因为这里除了丰盛，就是开阔，人在如此环境下，很难抑郁和忧伤，更何况梵高本就是一个极其热爱自然的人。在车上讨论这个问题的时候，内心很为梵高惋惜。

但是，人生也许就是这样，每一处的相遇，是无法预先安排的，"接受"也许是人最大的历练。在一个人性格形成的过程中，自然禀赋的充分发展、诚实与正直、深刻的同理心与情感、接受需要面对的一切，这四个要素都具有极为重要的内涵。其中"接受"尤为重要，因为我们并不知道人生会遇到什么。想到这里，觉得我们萌生梵高到瓦伦索勒的念头，蛮是好玩。梵高自己接受了命运的安排，并用绘画的形式呈现出他接受的超人能力，这应该是梵高生命禀赋最好的表现。

哇！车子的前方，终于看到大片大片的薰衣草了。周律师停好车，我屏住呼吸走向一望无际的薰衣草园，眼前的景色只能用"惊艳"来形容，我被惊吓到了。怎么会有如此辽阔的薰衣草园？怎么会有如此连绵不绝的蓝紫色铺满整个原野，就这

样明晃晃的，不留缝隙地铺陈在面前，甚至是大地般宽广；我已无法想到土的颜色，这里的土地就是蓝紫色的，就是深海般、天鹅绒般的绵软与无垠，就是这样如海浪般涌向遥远的空间，这美甚至让人窒息。

这绝对是我在未见到之前，根本无法想象的风景，难怪雪芹一再告诉我："老师，我一定带您看大片大片的薰衣草。"雪芹反复强调这句话时，我还未知其中的含义。现在，大片大片的薰衣草就在眼前，薰衣草迎风绽放，浓艳的色彩装饰翠绿的山谷，我才恍然理解其背后的含义。人的确要身临其境，才可真正理解本意，感谢雪芹带我来到这里。

　　我们几个人走入花田，Amanda 开始为我选择各种角度拍照，原本并不习惯拍照的人，竟然很配合她提出来的种种姿势要求，在这片梦幻般的薰衣草园里，我也情愿自己是个小小的模特，不为我留在照片里，而为可以更贴近薰衣草，更融合在其中。

　　雪芹和周律师很理解我们，所以并没有催促，而是安静地回到车上等，让我们任性地留在花地里，愉悦地感受薰衣草带来的惊奇和惊喜。

　　我第一次如此近距离地观赏薰衣草，这是一大株盛开的薰衣草，根部是嫩绿的，枝头上部是一长串紫色的小花。淡蓝紫色的小花，其实是在草茎顶端，一株草散开了，如孔雀开屏般

铺满大地；一垄一垄的种植方式，加上普罗旺斯山谷的起伏，让薰衣草园有着更完整的画面感。更绝妙的就是站在一片大花田里边，嗅到的香气依然淡远、温和，但是这淡淡的香气，却又可以弥漫在十里之外的空间里；这份淡雅、深远，着实让人由衷地钦佩和满心地欢喜。信步从花间走过，衣角留着淡淡的微香，羞涩般如初恋时的心情，据说薰衣草就因此而得名。

有人说，薰衣草的香是人生中某种半梦半醒的状态，淡到了极处，又刻在心底，这也是我此刻的感受。

瓦朗索勒广阔的田野平原是薰衣草种植的大本营，也是薰衣草的发源地，更是陆地上最大片薰衣草的种植地。这个时间正是瓦伦索勒薰衣草开花的时候，此时开始是瓦伦索勒高地平原最美丽的季节。虽然我并没有刻意选择时间来到这里，仅仅是因为刚好有两日空闲的时间，这是我和薰衣草的缘分。从19世纪开始，瓦伦索勒就开始种植薰衣草，产量在世界上独一无二，而时至今日它仍然供应着全世界对这种花卉需求量的3/4以上。

"如果浪漫是紫色的，这里便是全世界最浪漫的地方。"看到这样的诗句，你就可以勾勒出我此时的幸福，一切都是那样的契合与完美，站在薰衣草园之中，那份满足让我感恩。

提起法国，人们总能和浪漫联想到一起，未来这之前，我

认为法国人的浪漫是因红酒和霓裳，但是来到瓦伦索勒，忽然明白，这纽带一定是薰衣草，这一片片随着山坡起伏的紫色鹅绒毯，如梦如幻、令人如痴如醉般诠释着"浪漫"。

想起第一次看到关于薰衣草的诗作，那是伊丽莎白时代最具代表性的抒情诗——《薰衣草代表真爱》：

薰衣草呀，遍地开放。

蓝花绿叶，清香满怀。

我为国王，你是王后。

抛下硬币，许个心愿。

爱你一生，此情不渝。

的确，如果由薰衣草见证爱情，一定是终生难忘的。薰衣草花语："等待爱情""只要用力呼吸，就能看见奇迹"——多美的花语，在来瓦伦索勒之后，嗅到薰衣草的味道，就嗅到了爱的味道。

　　对于瓦伦索勒平原来说，不但有大片的薰衣草田，还有大片的麦田，这景致同样给我另一种惊艳。此时的麦田呈金黄色，饱满的麦穗，微风吹过时，波浪般起起伏伏，远远望去如金色的海洋。一种果实丰沛、生活丰盛的满足感由麦浪冲击心田，甚至可以听到浪花的声响，非常幸福与安稳。

　　车在田间公路穿行时，一片片金黄的麦田、一片片深紫的花田，渐次映入眼帘，绵延不绝，我打开车窗，采纳雪芹的建

议，风带了呼吸声，成为摄像的背景音乐，很是动感。延绵不绝的蓝紫色海洋、金黄色海洋，就这样冲进画面，那景象犹如一个任性的孩童，毫不吝啬地用最灿烂、饱满的颜色去涂抹大地，如果不是时空的限制，这任性可以从远古到未来。穿行其间，就是一场人与自然合一的盛宴，人生见如此之景致，夫复何求？

更惊讶的是，车子行驶中途，竟然看到一个有中文字的招牌。这是一家餐厅，取名"花草语景观餐厅"，路边招牌上写着"手工水饺"，虽然我们已经吃过饭，但是还是充满惊喜地转到停车场，去看个究竟。这家餐馆与 Terraroma 精油店地处同一个地方，走进去才发现餐馆就位于精油店顶楼，那里竟是绝佳的薰衣草花田观景台！

站在高处，远眺山谷被薰衣草覆盖的美妙，无法再去形容，我用尽镜头的尺度，还是无法拍下这一望无际蓝紫色与金黄色相间的原野，只好安静地站在观景台上，用心去摄取这一切之美。

天台上有很多木制的椅凳，虽然不想再吃饭，但还是想和餐厅的服务员聊天。他是在巴黎学习的来自中国的大学生，也因为喜欢薰衣草，就在这个时间段来到这里打工，这样既可欣赏薰衣草的美景，又可赚到钱，他觉得很开心。为他的开心感

动，大家决定买一个大西瓜。坐在观景台上，夹着薰衣草花香的果香，真的让人醉了。

我只有写下一首诗，也许才契合我此次来普罗旺斯与薰衣草相约的喜悦：

我是为了梦而来，那梦是普罗旺斯。
薰衣草的海洋淹没了我所有的抵抗，
金黄麦浪一样淹没了我所有的抵抗；
曾有过的浪漫已不再是浪漫，
浪漫只在这蓝紫的绵延，
在淡淡的微香。

紫的雍容，金的奢华；
香的冷艳，光的骄傲，
甚至骄傲与卑微都需要在瞬间转换，
而我只能选择卑微。

草的茂盛，麦的沉甸，
田的开阔，谷的起伏；
甚至丰盛与单纯都需要在瞬间转换，
而我只能选择单纯。

醉了，醉在高高低低的花田，
醉在远远近近的花香；
醉在反反复复的绵延，
醉了时间，也醉了心田。

这醉如绵长的葡萄酒，
最甜蜜的惆怅，仿佛藏身于舌尖，又深浸于心；
回味中甘甜充沛浩大，
甚至无法忍受一刻的抽离。

只有这蓝紫的色彩才可抚慰这醉，
用大片大片的温柔，
抚摸沉醉的冲动，
让一切如花香般淡然；
只有这绵延的盛大才可抚慰这醉，
用一望无际的包容，
抚慰沉醉的痴迷，
让一切如白云般纯粹。

而今，我终于拥有过这醉，
也拥有了真正的浪漫。

　　离开瓦伦索勒前去尼斯，普罗旺斯之行接近终点。雪芹为了给我更丰富的南法之感，建议周律师选择一段山谷路线，这条路线可以让我看到圣十字湖（lac de Sainte-Croix-du-Verdon），以及最美的凡尔登大峡谷（Gorges du Verdon）。2009年，《国家地理杂志》把凡尔登大峡谷评选为世界上最美丽的地方之一。这个壮观的大峡谷尽管为人所知的时间还不到100年，却以它独特的地形，成为极限运动者的天堂。从谷底到谷顶，有些地方落差达2300英尺（约700米）。周律师带我们到山谷的最高点，远观可以望到圣十字湖浩瀚的湖面，远衔天际；近看可以俯视凡尔登大峡谷的深邃和碧蓝，"再没有比这里更加浪漫的景致，它混合了岩石与深渊、绿水与红影、海蓝的天空与低语的风儿。"吉奥诺（Giono）曾经这样描绘这个位于壮丽风景中的普罗旺斯峡谷。

　　因为要赶去尼斯，所以

在这里并未停留太久。心里很感激雪芹的用心，即便在这短短的行程里，还是让我亲见了这浪漫的景致。心里默默地说声："谢谢雪芹！"

车子要继续赶路了，傍晚清凉的空气中，我们穿行在峡谷旁。这条峡谷之长，真是超出了我的想象，为了让我看到峡谷的走法，到尼斯的路途长了很多。虽然周律师会更辛苦，我心里却是窃喜的，这一切真是如童话般的美丽。我们在一个小镇子加油，小夏说小镇音译为"拉帕吕"（La Palud-sur-Verdon）。Amanda 带着我们去小镇上唯一一家咖啡厅看看，里面人很少，很安逸的样子，整个小镇一片宁静，我想这里居住的人也许只有几十人，然而平静的气息令人向往。

简短的休整，我们继续穿行峡谷，车内再次响起熟悉的音乐，窗外是起伏绵延的山峦和田野，翠绿的峡谷时而显现在路旁，时而掩映在深林中。旅程将要结束的安静，开始弥漫在车内，大家都没有讲话，只有音乐柔柔地吟唱着，身旁的Amanda、雪芹或许有自己的回味，我没有去打扰她们，我的回味已经融入这穿行之中，穿越到未来的每一个生活的瞬间，让浪漫的蓝紫色成为生活的主色调。

驶出峡谷时，竟然发现我们与环法自行车赛在同一个时间、同一条道路上。路旁已经有很多等待迎接车手的观众，以及维持交通的警察，看着跃跃欲试的人群，也期待有一个交集，让我可以看到车手。不过我们还需要赶路，所以没有停留下来等候，但是想到和环法自行车手走在同一条路上，感觉一下子就特别了起来。此来南法，真是所遇皆美啊！

尼斯就在前面了，那是一个被称为"蔚蓝海岸"的城市。天已经完全暗了下来，火一样的晚霞铺满整个天空，让我们进入尼斯的路，透着微微的红色，就如温暖的覆盖，一切都显得那么圆满。

明天我们将启程回国，雪芹和周律师也会回到波尔多，心里能说的只是谢谢。谢谢雪芹，带给我南法之美，实现普罗旺斯之约。

春暖花开系列

书名	ISBN	定价
让心淡然（珍藏版）	978-7-111-54744-0	59.00
在苍茫中点灯（珍藏版）	978-7-111-54712-9	39.00
手比头高（珍藏版）	978-7-111-54697-9	39.00
让心安住（珍藏版）	978-7-111-54672-6	49.00
高效能青年人的七项修炼	978-7-111-54566-8	39.00
大学的意义	978-7-111-54020-5	39.00
掬水月在手	978-7-111-54760-0	39.00
波尔多之夏	978-7-111-55699-2	49.00
让心纯净	978-7-111-59429-1	79.00

陈春花管理经典

关于中国企业成长的学问

一、理解管理的必修课		
1.《经营的本质》	978-7-111-54935-2	59.00
2.《管理的常识：让管理发挥绩效的8个基本概念》	978-7-111-54878-2	45.00
3.《回归营销基本层面》	978-7-111-54837-9	45.00
4.《激活个体：互联网时代的组织管理新范式》	978-7-111-54570-5	49.00
5.《中国管理问题10大解析》	978-7-111-54838-6	49.00
二、向卓越企业学习		
6.《领先之道》	978-7-111-54919-2	59.00
7.《高成长企业组织与文化创新》	978-7-111-54871-3	49.00
8.《中国领先企业管理思想研究》	978-7-111-54567-5	59.00
三、构筑增长的基础		
9.《成为价值型企业》	978-7-111-54777-8	45.00
10.《争夺价值链》	978-7-111-54936-9	59.00
11.《超越竞争：微利时代的经营模式》	978-7-111-54892-8	45.00
12.《冬天的作为：企业如何逆境增长》	978-7-111-54765-5	45.00
13.《激活组织：从个体价值到集合智慧》	978-7-111-56578-9	49.00
四、文化夯实根基		
14.《从理念到行为习惯：企业文化管理》	978-7-111-54713-6	49.00
15.《企业文化塑造》	978-7-111-54800-3	45.00
五、底层逻辑		
16.《我读管理经典》	978-7-111-54659-7	45.00
17.《经济发展与价值选择》	978-7-111-54890-4	45.00
六、企业转型与变革		
18.《改变是组织最大的资产：新希望六和转型实务》	978-7-111-56324-2	49.00
19.《共识：与经理人的九封交流信》	978-7-111-56321-1	39.00